A(s) mulher(es) que eu amo

Eros Grau

A(s) mulher(es) que eu amo

GLOBOLIVROS

Copyright © 2016 Editora Globo S. A. para a presente edição
Copyright © 2016 Eros Grau

Todos os direitos reservados. Nenhuma parte desta edição pode ser utilizada ou reproduzida — em qualquer meio ou forma, seja mecânico ou eletrônico, fotocópia, gravação etc. — nem apropriada ou estocada em sistema de banco de dados sem a expressa autorização da editora.

Texto fixado conforme as regras do Acordo Ortográfico da Língua Portuguesa
(Decreto Legislativo nº 54, de 1995).

Editora responsável: Amanda Orlando
Editora assistente: Elisa Martins
Revisão: Huendel Viana
Diagramação: Gisele Baptista de Oliveira
Foto de capa: Eros Grau

1ª edição, 2016

CIP-BRASIL. CATALOGAÇÃO-NA-FONTE
SINDICATO NACIONAL DOS EDITORES DE LIVROS, RJ

G811m
Grau, Eros Roberto, 1940-
A(s) mulher(es) que eu amo / Eros Grau. - 1. ed. - São Paulo : Globo, 2016.

ISBN 978-85-250-6278-9

1. Conto brasileiro. I. Título.

16-35593   CDD: 869.93
                                           CDU: 821.134.3(81)-3

Direitos de edição em língua portuguesa para o Brasil
adquiridos por Editora Globo S. A.
Av. Nove de Julho, 5229 — 01407-907 — São Paulo — SP
www.globolivros.com.br

Sumário

O Pacheco na Praça do Comércio, Lisboa 9
A Grande Pharmacie Centrale, Rouen 53
A sibipiruna fustigada pelo frio 63
A mulher que eu amo 71
O alucinado do Vieux Bassin 81
Laura 89
Angelina 97
Um par de amigos sem par 109
O ombro de A. 117

Onde irás quando morreres?
Voltarás à Terra?
E, se voltares,
Serás flor ou pássaro?
Ou terás a pretensão de voltares beijo?

(autor desconhecido, talvez eu)

O Pacheco na Praça do Comércio, Lisboa

*... o que mais desejo é estar ao lado de Leonor,
— a bruma dos impressionistas nos envolvendo —,
nós dois fruindo, de mãos dadas, da serenidade dos silêncios*

I

Em uma manhã de sábado, em Lisboa, inesperadamente encontrei o Pacheco. Amigo do peito, o Pacheco é jornalista e escritor. Escreve sobre vários assuntos. Arte, gastronomia, literatura etc. Além disso, tem um blog. É contista, publicou um romance.

Meu ideal, embora exerça o mesmo ofício, seria escrever unicamente os editoriais do *Notícias*, nada mais. Sem assinar coisa nenhuma. Estou farto de aparecer. Aspiro ao anonimato.

A esposa do Pacheco é a Leonor. Amo, em segredo, a Leonor. Vivo bem com minha mulher, é bom que se saiba. Serenamente. Mas amo a Leonor. Em silêncio, sem deixar escapar.

Pois lá estava eu, naquele final de manhã de sábado, na Praça do Comércio. Viajáramos a Lisboa por uns dias. Eu me desvencilhara dos meus afazeres. Minha mulher andava naquela manhã a fazer compras, pretendia ir ao Chiado. Fazia um calor danado. Deixei-a ir só, fiquei pela praça.

Sentei-me no terraço do Paço d'Água, sob um guarda-sol, pedi uma limonada.

Passara-me pela cabeça — ai, se eu pudesse! — ir à vendedora de refrescos no Terreiro do Paço, que conheço de uma fotografia de 1912. Mesmo porque a Praça do Comércio e o Terreiro do Paço são uma só, um só. Já não estávamos, contudo, em 1912. Se uma alça de tempo me transportasse, tudo faria para estender essa distensão até 1908, ao regicídio. Ouvira da inserção de certo personagem na tragédia.

Olhava em torno quando, inopinadamente, chegou-me o Pacheco! Vinha em minha direção, convidei-o a sentar-se, lógico, à mesa que eu ocupava.

Pacheco encarna um autêntico luso quando vai a Portugal.

— Escuta aqui, ó gajo! — começou. — O que estás a fazer em Lisboa?

Relatei os pretextos de minha viagem. Contei ter encontrado uns livros e alguns CDs e que ontem almoçamos alheiras com ovos fritos no Gambrinus.

— E tu? — perguntei.

— Pesquiso umas coisas, nada que te interesse. Leonor aproveitou para ir comprar azulejos pintados à mão em Vila Fresca de Azeitão. Hoje temos um jantar, pena não nos vermos.

E por fim contou que, na manhã seguinte, iriam à Alsácia. Leonor, cheia de mistério, preparava uma surpresa para ele. Não tinha ideia do que seria.

A propósito, Pacheco é o nome que adotou como escritor e jornalista, mais palatável — e corrente — do que o de família, alemão.

Perguntou-me dos organboroks e desconversei. Esse é um assunto que me incomoda. Escrevo e reescrevo esse conto, ponto por ponto. Não falo dele nem para mim mesmo. De quando em quando ele me chateia. Digo que isso assim não pode ser, por exemplo, e o Pacheco me interrompe:

— Alto lá, não podes usar sem mais nem menos expressões que não te pertencem. "Isso assim não pode ser" é do Mário de Sá-Carneiro, no poema "Serradura". Não é teu!

— Em seguida, se desculpa — Perdoe, tive um momento de lucidez. Mas não se preocupe, já passou.

Conversamos mais uns minutos e o Pacheco se foi.

— Que pena esse jantar de hoje — disse-me ao sair. — Falamo-nos em São Paulo.

— Mande um beijo pra Leonor. Telefono logo que chegar ou mando um e-mail — eu lhe disse.

2

Sou fascinado por Leonor, a esposa do Pacheco. Uma mulher bonita.

Um dia ergueu os braços e as axilas, sem nenhum pelinho, deixaram-me fascinado. Fiz fotos, discretamente, fotos sensuais — para mim mesmo — de Leonor. Tem o colo branquinho, como se raramente tomasse sol. Abraça-me gostoso, apertado, não importa se há gente ao lado, embora me diga ao ouvido, sussurrando, algo assim como "mas eu já tenho um homem!".

Sessenta e seis. Sessenta e quatro anos, talvez. Nunca tiveram filhos. Um dos dois — talvez o Pacheco — é estéril. Um deles carrega essa culpa, sem jamais mencioná-la, nem mesmo ao outro. Por isso Leonor não tem ancas de mulher que pariu, ainda que as coxas sejam levemente grossas. Em suma, é dotada de nádegas alvissareiras. Não tem e-mail, usa o do Pacheco. Não há, por essa via, senão silêncio entre nós. Tem telefone celular, mas rarissimamente ouso chamar, o Pacheco pode estar por perto.

Usa óculos, a Leonor. Apenas excepcionalmente está sem eles, de modo tal que, em minhas divagações eróticas, suponho faça sexo de óculos. Penso assim: eis o Pacheco e a Leonor a foderem de óculos. Pensamento idiota! De resto, Leonor é muito, muito mais do que sexo. Leonor é uma mulher cujo sexo é a véspera do mais.

Frequenta salões de beleza amiúde: tem sempre os cabelos bem penteados. Levemente perfumada, sempre.

O Pacheco fala dela, e com ela, como quem fala com ou de um amigo. Vivem bem os dois, entre si e com o mundo.

Leonor, em verdade, é mais que bonitinha. É bonita. Uma coroa bonita. Atraente não. Faceira — isso aí, faceira, saltitante, alegre. Com ironia e sorrisos no olhar. Embora não seja atraente, conquista. Mulheres, quando desejam, conquistam. Leonor não é disso. Conquistou-me certamente sem querer, ama o Pacheco. Não sendo atraente, não foi feita para despertar paixões. Em especial hoje em dia, visto que em suas mãos, embora por enquanto sem rugas, já aparecem pequenas manchas discretas, aquelas manchas pequenas da idade. A culpa por amá-la há de ser minha.

A Leonor não é linda, mas gosto, gosto dela. Faceira, alegrinha, feliz. Com pequenos gestos de afago e afeto de amigo, um sorriso maroto, um peteleco no nariz, brincadeirinha, se houver chance. Nada mais. Não me lembro de quando aconteceu, mas desde então passei a amar a Leonor.

Inclusive voltei à poesia, por sua causa. Desistira dela aos vinte e poucos anos. Sou não mais do que poeta inédito, jamais impresso, não editável. Eis o que sou! Por isso faço contrabando de poemas em meus contos. Um deles eu jamais poderia publicar, já que falo para minha amada — *falo* para minha amada! Conto a ela que "trabalho como um operário, a camiseta branca que ela veste, nua, incorporando o cheiro do meu corpo. Que gostaria, de repente, já não fossem de poeta minhas mãos. Mãos que trabalham forjas, teares, automotrizes deslizariam, calejadas, muito mais doce em suas costas".

Conto que teci um soneto usando a palavra *dangerosa*, que não existe nos dicionários, ainda que Drummond a tenha incrustado em um poema. Só que o Drummond era o Drummond...

Eis o soneto, disfarçado de prosa, que teci pra Leonor: "Nasce o soneto de um golpe só. Qual o machado, a ferir o cedro, ou a luz que penetra pela fresta, brilhante e nua, iluminando a sala. Nasce o soneto de um golpe só. Como cai, de repente, a tua ausência, brusca e dangerosa, qual um petardo lançado a esmo contra a multidão. Segues, ao longe, excluída de mim. Liberta, embora presa deste amor, na contradição de uma tarde em chuva e sol. De um golpe só nasce o soneto. Incisivo e ferino, quais teus passos, no fim de tarde, ao partir de mim."

3

Alguns dias após nosso encontro em Lisboa o Pacheco me telefonou. Desejava relatar como acontecera a ida à Alsácia, surpresa preparada por Leonor. Veio ao jornal, sentou-se diante de mim, em minha sala, e pediu que o ouvisse sem interrompê-lo.

— A Leonor é demais! Não imaginas o que ela armou, a surpresa que me fez!

Tomaram um voo matinal de Lisboa a Paris. Um carro os esperava no aeroporto de Roissy. De lá seguiram para a Alsácia. Leonor tudo previra. Quatro horas e pouco, sem parada, até um hotel incrustado em um vale, nas franjas do castelo de Haut Koenigsbourg.

Em sua origem, a pequena vila chamava-se Koenigsberg. *Koenig* é rei em alemão; *berg*, colina. Ao seu lado e para adiante, como há séculos, os vinhedos de Gewurztraminer e Riesling se escarrapacham por uns vales encantados pelo sol. A assim chamada rota do vinho se desdobra em parreiras de *pinot blanc, noir e gris,* de *muscat* e *sylvaner.*

Um lindo hotel. A torre da pequena igreja do lado de lá do verde, em inúmeros tons que, no correr dos finais de tarde — disse o Pacheco —, capturava. Era verão, a luz se espreguiçava por todos os lados.

A Alsácia é um país. A gente de lá é chamada simplesmente de alsaciana. Os que nasceram de raízes fincadas do lado de lá e do lado de cá do Reno são alsacianos, simplesmente.

Dali, de onde no terraço do hotel os olhos do Pacheco alcançavam a torre da pequena igreja, outro carro os levaria a Freiburg im Breisgau. Cruzariam o Reno, lá onde se fez a paz. Mas essa é outra história, observou o Pacheco, prometendo contar-me o episódio outro dia.

A partir desse ponto passo a reproduzir, tão fielmente quanto me seja possível, seu discurso. Um monólogo que não permitia perguntas, nem sequer observações.

— Evidente que eu sabia. A essa altura Leonor não tinha como manter mistério nenhum. Eu sabia que ela descobrira a certidão de nascimento de meu avô, endereço, rua e número da casa onde nasceu, no final do século XIX. Pois lá fomos nós e pisei o chão da infância de meu avô, que ainda menino emigrou com a família para o Brasil. Fomos conduzidos pela mão do tempo. Caminhávamos sem propósito definido. Pausadamente a percorrermos, com os olhos, todos os ângulos da praça da catedral. Sentamo-nos no Oberkirchs Weinstuben. Poderia ter sido ao lado, ou algumas mesas antes, em alguma outra taverna da praça. Encontramo-nos, contudo, no Oberkirchs Weinstuben. Aconteceu ali, exatamente ali, tenho certeza. Ali meu bisavô assumiu o gesto a partir do qual, de repente, o futuro apareceu. Ao nosso lado, no terraço, o cão do vizinho de mesa. Mas bem poderia, sim, poderia ser o cão de meu bisavô. Ele havia de ter um cão. Freiburg está debruçada na Floresta Negra, na borda oposta à dos Vosges — o Pacheco repetiu. — É o meu país. Descobri, naquele momento, que não venho de origem alemã coisa nenhuma. Sou alsaciano. Uma mistura alsaciana de francês e alemão. A Alsácia é meu país.

"Porra!", exclamou o Pacheco. "Como é que nunca me ocorrera isso anteriormente? Não sou de origem alemã coisa nenhuma! Foi preciso que Leonor me preparasse essa para que eu viesse a descobrir ser alsaciano! Meu bisavô morava não muito longe do centro, haveria de frequentar a Oberkirchs Weinstuben. Se não era assim, passa a ser. A História é tal e qual como a escrevemos. O historiador é o único personagem efetivo da História.

"Um grupo de amigos confraternizava nessa taverna certa noite. Lá pelas tantas, meu bisavô Julius estando a falar mal do Kaiser Wilhelm I, alguém sugeriu discrição.

"'Que nada!', retrucou Julius. 'Vou ao banheiro e me limpo neste retrato do Wilhelm!'

"É a partir desse momento", prosseguiu o Pacheco, "no qual meu bisavô assumiu o gesto que deu partida ao futuro, que aqui estou, agora, entre o cá e o lá."

O Pacheco divagava, sem parar. Suas relações mais estreitas com a liberdade, dizia, nasceram naquele instante, momento determinante da ida de sua família para o Brasil.

— A rebeldia — prosseguiu — já estava em mim quando nasci. Meu pai, filho de Oscar, neto de Julius, ensinou-me a liberdade. Aprendi com ele que *Die Gedanken sind frei*, os pensamentos são livres! E ainda que eu fosse jogado na masmorra mais escura, isso seria inútil, pois meus pensamentos quebrariam todas as portas, paredes e grilhões. Os pensamentos são livres!

— Você está citando aquela canção medieval? — perguntei.

— Sim — respondeu o Pacheco. — A canção com a qual meu pai me ensinou a liberdade. Estavam lá, os três, estavam comigo naquela taverna, na praça da catedral. Abraçamo-nos, bebemos cerveja a não mais podermos! Na nossa frente, a Catedral de Nossa Senhora de Freiburg, Catedral de Santa Maria! Ouve, ouve bem o que vou te dizer — sussurrou o Pacheco. — Terá sido por acaso que nasci no sul do Brasil, em uma cidade chamada Santa Maria? Estivemos na praça. Estivemos naquela taverna, entre o passado e o presente. Apenas uma placa da United Colors of Benetton sob a Haus Kühnle, ao fundo, nos remetia ao nosso século, à nossa década, sei lá...

A essa altura, não me contive:

— E a casa onde nasceu teu avô? Conta-me — pedi ao Pacheco.

Ele desconversou, afirmou novamente ser alsaciano, estar além da França, aquém da Alemanha e coisa e tal.

— Conta-me de uma vez da casa do teu avô — insisti.

O Pacheco tentou ficar indiferente, fez que não era com ele, mas acabou cedendo.

— A casa já lá não está...

Confessou-me então que atualmente há uma pizzaria oriental no endereço copiado da certidão de nascimento do avô.

Não ousaram entrar. Leonor dissera-lhe, com um olhar, que não valeria a pena. Limitaram-se a pisar o chão da calçada em frente e se foram. Importava apenas, para o Pacheco, o encontro que acontecera no Oberkirchs Weinstuben, os quatro tomando cerveja até não mais poderem, em frente à catedral de Santa Maria.

Tudo por ela preparado! Por isso, e tudo o mais, cada vez mais me fascina a Leonor! Como se ela houvesse armado aquela surpresa não para o Pacheco, mas para mim. Como se o Pacheco não existisse, estivéssemos no mundo apenas ela e eu.

4

Coisa muito, muito curiosa. Vou contar novamente.

Vi o Pacheco na calçada, fiz um sinal e ele atendeu. Veio à mesa que, na hora próxima do meio-dia, eu ocupava no terraço do Paço d'Água. Tomava uma limonada. Pedi ao garçom mais uma e água mineral para o Pacheco. O garçom olhou enviesado, deu alguns passos e voltou os olhos para nossa mesa. O Pacheco, impassível.

Falamos de coisas em geral, sem importância. Pedi mais uma água, a garrafa era pequena. O Pacheco bebeu. Uma conversa rápida.

Assim que se foi, percebi algo estranho. Como se o Pacheco houvesse estado comigo, mas somente comigo. Pois foi como se nem o garçom que nos serviu, nem os demais fregueses do Paço d'Água se dessem conta, naquele final de manhã de sábado, de que estivera ali. Como se não o enxergassem. Coisa curiosa. Não sei. Seguidamente as coisas me parecem confusas. Escrevo alguns textos com a intenção e intensão de relatar a mim mesmo o que efetivamente ocorreu, depois me perco entre o falso e o veraz.

O Pacheco me perguntara a respeito do conto dos organboroks. Desconversei, até por que não alcancei sua forma acabada. Escrevo e reescrevo esse conto, linha por linha, ponto por ponto. Não falo dele nem para mim mesmo.

De todo modo, um minuto depois o Pacheco retornou ao Paço d'Água e, tirando do bolso externo do paletó algumas folhas dobradas, disse-me:

— Olha, toma lá. É aquele conto que estou a escrever há algum tempo, da blusa de seda solferino. Lê e me diz.

Peguei as folhas de papel e comecei a ler.

Leio e sinto ganas de escrever a sua mulher uma carta mais ou menos assim:

Leonor,

Há um silêncio sem adjetivos agora. Teu vulto flanando, vejo-te passar pela janela.

Desejo alcançar-te ao dobrares a esquina, devassando, no mais fundo, a madrugada. Conduzir-te ao ancoradouro. Este silêncio permitiria avançarmos por alguma das dobras do tempo, que se abrem ao passarmos. Levar-te em um barco partindo. Escrevo com dificuldade. Nua, hás de estar sentindo frio. Poderia abraçar-te, fruir da textura do teu corpo. Eis, contudo, que escapas, por uma fresta da madrugada, para o tombadilho de uma escuna.

Voltas ao amanhecer, sabendo a mar. Eu te esperando, com uma capa de lã para cobrir-te. Não ouso tocar teu corpo úmido de marinheiros.

5

Uma semana depois da conversa em minha sala, quando me relatou a ida a Freiburg, fomos almoçar em um restaurante, em São Paulo. Entramos. O *maître* me cumprimentou, amigavelmente — sou freguês há anos — mas, curiosamente, comportou-se como se ignorasse o Pacheco.

— Deixa pra lá! — disse-me ele com os olhos. Está de mau humor, dane-se.

Havia um espelho na parede ao lado, nossa mesa nele refletida. Observei, após alguns minutos, que minha imagem no espelho, estranhamente, não reproduzia a realidade. Percebi então que meus lábios não se mexiam quando eu dizia qualquer coisa ao Pacheco. Nem quando gesticulava. Mais que isso, a imagem do Pacheco não aparecia no espelho.

Percebi então que o Pacheco existe, sim, mas ao mesmo tempo não existe. Aparentemente existiria mais de uma versão do Pacheco.

* * *

No dia seguinte a esse encontro, em São Paulo, telefono para confirmar se ele ontem esteve comigo. Diz que não, pergunta se estou bom da cabeça.

Estranho, muito estranho.

Tomo então consciência de que, quando estamos juntos, às vezes é ele mesmo quem está, o Pacheco de verdade, outras tantas não. Quem está à minha frente apenas eu sou capaz de enxergar.

Aproveito então para dizer umas coisas a esse sujeito, ser incisivo em minha crítica ao conto da blusa de seda solferino. Como ousa, o canalha, escrever sobre uma mulher análoga a Leonor? Pois é evidente — isso inclusive escrevi em algum lugar —, é evidente que em toda ficção há nesgas de verdade. Como ousa afirmar, sem nenhum pudor, que adoraria iniciá-la em tudo que um cafajeste ensina a suas putas?

Sinto ganas de ir ao seu encontro, dizer a Leonor que o Pacheco não presta. Que o Pacheco a imagina — pior, escreve a respeito disso — vindo da cama para o bidê, meretriz, segurando no vértice das coxas uma pequena toalha cor-de-rosa. Um horror! Depois, além dessa enorme falta de respeito, sai por aí contando que o púbis de Leonor quase já não tem pelinhos e em suas mãos, embora por enquanto inexistam rugas, já aparecem pequenas manchas discretas, aquelas manchas pequenas da idade. Disfarça, inventa uma situação de incesto, mas — filho da mãe! — quem libidinosamente ele descreve é a mulher que eu amo. Deu-me o conto para ler exclusivamente para me provocar. Rindo, rindo-se de mim.

Domino o ímpeto de gritar que amo a Leonor. Vontade de contar ao próprio Pacheco que, temendo que alguém o leia, escrevi este poema, para ela, em uma lâmina de água:

> *Deixa cair a túnica.*
> *Repousemos sob a tênue faia.*
> *Quero a visão do teu cálice de mel,*
> *Dos ombros largos, do remanso*
> *Do teu colo. Das amoras duras,*
> *Arroxeadas, nos peitinhos.*
> *O doce aroma nos teus lábios é promessa*
> *De apascento para a flauta em que te canto.*

Amo docemente a Leonor. Em tudo, por tudo. Em seu andar, no sorriso, no modo faceiro de ver o mundo. Volta e meia nos convida, a mim e minha esposa, e prepara comidas alemãs deliciosas. Por exemplo, mete uns goles generosos de calvados — sempre um Toutain — no *steak tartar*. Dispõe a carne moída no centro do prato, cercando-a de pequenas porções de cebola, sal, pimenta, mostardas de todas as cores, páprica doce e picante, alcaparras, rodelinhas de pepino agridoce, gema de ovo etc. Por fim derrama, por cima da carne, múltiplas pequenas quantidades de conhaque. Diretamente da garrafa com aquele rótulo bege para um castanho-escuro — Ferme de la Couterie —, diretamente da garrafa à carne!

Ela é linda. Construo outro poema em prosa dizendo de nós dois, assim:

"A sensação de estarmos sós, cotidianamente, antes liberta do que nos perturba. Estamos sós agora e teus cabelos podem nadar, livremente, em minhas mãos. Separa-nos apenas o silêncio, o silêncio eloquente de nós dois. De repente, porém, inopinadamente, pousarei no teu corpo — de repente — como se regesse a sexta, de Beethoven, naquele trecho."

E a ida a Freiburg im Breisgau, que o Pacheco relatou como a produzir literatura, entusiasmado? O bisavô anarquista, véspera da descendência marxista. A alegria de reencontrá-lo, mais o avô e o pai, na praça da catedral, tudo, tudo obra de Leonor!

O Pacheco é um filho da mãe! Leva-se a sério, sem se dar conta de que não passa de fantoche de si mesmo. Descreve libidinosamente a mulher que eu amo, além do que se percebe, nos textos que compõe, estar ligado sexualmente a outras mulheres. Eu não. Toda minha literatura gira em torno de Leonor.

Uma dessas mulheres aparece no conto que me passou, em Lisboa. É verdade que surge sem que ninguém, senão eu, o perceba. Ou não será assim? Diabos! Quem terá escrito aquele conto? Acaso eu, acaso terei escrito eu mesmo aquele conto, tentando afastar o fantasma — fantasma não, que loucura falar dela assim! —, afastar a imagem de Leonor?

Complicado, muito complicado. Embora seja assim, raramente perco a compostura. Apenas excepcionalmente sinto ganas de dizer ao Pacheco que desejo vê-la nua, diante do espelho. Que ela ponha seus olhos nos meus para que eu a possa ver lá, do lado de lá do espelho. Poesia incompleta, pela metade, qual minha paixão por essa mulher.

6

SEJA COMO FOR, agora sou senhor das circunstâncias.
    Sempre que nos encontramos faço um teste de confirmação. Tomamos um táxi, por exemplo, e peço a ele que oriente o motorista quanto ao trajeto a seguirmos. Se o motorista reage, quem está ao meu lado é mesmo o Pacheco, o Pacheco de verdade. Caso contrário, já sei. Ele não está.
    Mais ainda, aproveito-me disso para dizer-lhe tudo o que sempre quis. Com imensa liberdade.
    Quando ele não está, desenvolvo autocríticas. Lembro, por exemplo, o grupo de amigos que se reunia, todas as noites, no ponto de encontro da rua Barão de Itapetininga com a Praça da República. Fazíamos política universitária, além de política mesmo, de verdade, uns de nós cumprindo ordens do Partidão. Relato ao Pacheco acontecimentos em relação aos quais guardo absoluta discrição. Tarefas políticas que desempenhei e faço de conta, para mim mesmo,

que esqueci. Acontecimentos que marcaram nossas vidas, passeios pelo passado, confidências. Coisas que dizemos somente a nós mesmos.

Uma tarde caminhávamos nas proximidades da esquina da nossa juventude. Estava decidido a confessar o que se passava comigo. Ele, meu melhor amigo, tinha de saber, eu precisava confessar o que sentia.

Então, valendo-me do fato de ele existir apenas para mim, tomei coragem e segui em frente. Mandei bala, literalmente. De forma direta e objetiva, confessei ao Pacheco minha paixão pela Leonor. O sujeito ficou atônito e, em seguida, indagou a respeito dela.

— Ela não sabe — respondi.

O Pacheco fica pasmo. Pergunta-me como é isso, se ela se envolveu comigo.

— Envolveu porra nenhuma! — quase gritei. — Leonor não sabe que sou apaixonado por ela. Não sabe mesmo — reafirmei.

O Pacheco fez uma cara de espanto. Seus olhos, mãos, expressão facial, movimento de ombros, todo ele era uma multiplicidade de pontos de interrogação. Limitei-me, no entanto, a jurar que Leonor não sabe o quanto a amo, pedindo-lhe, de amigo a amigo, que guardasse segredo, que jamais contasse a ela que eu a amo.

Amigo de verdade, o Pacheco — e isso não consigo explicar — jamais retornou ao assunto. Poucas vezes voltamos a mencionar, em nossas conversas, a mulher que eu amo. Somos discretos e ele preserva meu segredo.

Não obstante, desde quando descobri que, ao estar comigo, volta e meia o Pacheco não existia, passei a dizer-lhe coisas que guardava intimamente.

Uma tarde em que por acaso nos encontramos despejei algumas palavras que guardava na garganta, algo mais ou menos assim:

— Aliás, quero dizer que fazes merda quando te metes a escrever artiguinhos sobre generalidades que não dominas. E me roubastes uma imagem literária, seu puto, para meter em um dos teus romances.

Eu me referia à imagem do sujeito que explora inutilmente as falésias da ausência da mulher amada.

— Essa imagem que enfiaste no teu texto é minha. Eu a construí — prossegui — pensando em tua mulher!

O Pacheco, perplexo. Nossa conversa foi, porém, interrompida nesse ponto. Abruptamente, foi abruptamente interrompida pela presença de um amigo que atravessou a rua para me abraçar, presença inesperada que salvou o Pacheco, essa tarde, de ouvir outras verdades.

7

Assim a vida prosseguiu, durante meses. Acostumei-me com a realidade de o Pacheco estar comigo de quando em quando e, de quando em quando, não estar.

De todo modo, tanto ele insistia em ler meu conto dos organboroks que enfiei uma cópia em minha pasta para dar a ele se voltasse a perguntar. Não deu outra. Conversávamos em minha mesa de trabalho, no jornal, e o Pacheco foi ao tema.

— Toma lá — eu disse. — Lê, lê a história da mulher do tailleur vermelho e seu organborok.

A MULHER DO TAILLEUR VERMELHO E SEU ORGANBOROK

Talvez tenha sido em razão de minha fascinação por essa mulher. Não sei. Viajáramos a Paris, por acaso durante as mesmas semanas, no mesmo mês, no mesmo ano. Seu adjacente tinha negócios a cuidar na França. Perguntei no restaurante, discretamente, quando o jantar terminou, se poderíamos nos encontrar na esquina da rue de Médicis com o bulevar Saint-Michel, em frente à loja da Air France, três da tarde, no dia seguinte. Minha adjacente saíra para fumar, o dela fora à toalete.

— Tenho uma coisa para te contar — eu disse a ela.

— Três e meia — respondeu-me.

— Segredo, por favor — insisti.

Eu estava lá antes das três, tenso. Três e trinta e cinco ela desceu do táxi, do outro lado da calçada. Antes que atravessasse a rua, na faixa de pedestres. Fui ao seu encontro. Beijamo-nos no rosto. Vestia um tailleur vermelho que eu já conhecia. Mais traje para a noite do que de meio de tarde. O calor se fora, embora a primavera guardasse sinais de verão.

Seguindo pelo portão em frente, entramos no Jardim de Luxembrugo. Sentia-me dono do mundo ao caminhar ao seu lado. Perguntei se tínhamos tempo, se poderíamos conversar sem pressa.

— Sem pressa — respondeu-me —, estou curiosa.

Caminhávamos lentamente. Começávamos a flanar pelo jardim. À esquerda, na alameda que se abre a partir do portão do bulevar Saint-Michel, a

Fontaine Médicis, em frente a George Sand. Detivemo-nos por ali e fui direto ao assunto.

Expliquei-lhe, como pude, o seguinte:

— Encontrei um amigo, escultor em Mabelishy, e conversamos a propósito da questão do multiverso, das descobertas da física após o bóson de Higghins e da teoria das cordas. Pois esse amigo me explicou, pormenorizadamente, serem nove as dimensões — não somente a altura, a largura e a profundidade —, além de uma décima: o tempo.

"As pesquisas e reflexões em que se enredou levaram meu amigo à convicção de que alguns escultores, poucos, têm acesso a parte delas. Michelangelo, em torno de cujas expressões plásticas gravitou, teria seguramente caminhado até a quarta e a quinta, talvez mais.

"O acesso a esses fatos, associado a certa familiaridade com ritos de alquimia, permitiu-me exercitar a capacidade de capturar organboroks. Aconteceu, a primeira vez, involuntariamente. Um deles veio do nada às minhas mãos, sem que eu antevisse suas virtudes.

"O organborok amoldou-se à curvatura dos meus dedos em concha, à palma da mão, e senti que palpitava. O que eu conhecia em razão da iniciação alquímica permitiu-me avanços, de sorte que tomei consciência de que poderia fazer de um deles uma réplica de qualquer ser vivo. O organborok que eu tinha nas mãos poderia replicar quem quer que fosse. Era plena, completamente apto a replicar seres humanos! Mais adiante me tornei senhor da capacidade de capturar mais de um e fazer de cada qual, multiplamente, réplicas de quem quer que seja. Fundamental é apenas sabermos ativá-los, a fim de que — embora plenamente conservadas suas individualidades, subjetividades, padrões éticos e valores — disponham-se a proceder como desejamos.

"Jamais cometo qualquer violência", prossegui, "não os pressiono a assumir qualquer comportamento. Sucede que os organboroks são dóceis. Acabam por me atender, adaptando-se ao que desejo. Sem afrontar suas identidades, não frustram minhas expectativas. De toda ordem."

Isso eu explicava flanando pelo jardim, sem provocar perplexidade em minha amiga, que se limitava a ouvir.

Perguntei se poderia prosseguir, ela pediu que o fizesse e contei que a primeira vez acontecera exatamente com ela.

— Foi assim — eu disse. — Uma tarde imaginei tê-la ao meu lado, tê-la abraçado, prontamente tendo sido tomado, no entanto, por imensa falta de iniciativa. Então desisti de imaginar e aconteceu. Um deles veio do nada às minhas mãos. Abri minha pasta, à procura de outra coisa, e involuntariamente tirei lá de dentro um organborok. Uns dois a três centímetros.

"Quando o tirei da pasta veio-me um impulso sem origem. Fiz um plect com os dedos e o organborok foi aumentando, crescendo, crescendo. Assumiu seu físico exato", eu disse a ela. Ao meu lado!

Para meu espanto, ela não pareceu surpresa. Ao contrário. Curiosa, queria saber mais.

— Me conte, me conte tudo, por favor — ela pediu.

Contei que o digitalizei, esse organborok, e agora a tenho não apenas em registros fotográficos. Vejo e revejo a mulher que tanto quero a qualquer instante. Doce, suave e selvagem, desabridamente. Estalo os dedos e pronto. Ela está ao meu lado. Como eu desejar. Mais, mais do que o quanto conscientemente gostaria, ela procede de acordo com o que inconscientemente desejo.

— Essa mulher sou eu, não é? Fico bem à vontade, não é?

Embasbaquei! Uma loucura! Eu já me excedera, ousava, mas ela simplesmente tudo antecipou, assim como se desejasse ganhar tempo.

— Como é que acontece? Quero saber tudo!

— Você se deita — prossegui —, ergue os braços, acomoda-os sob a cabeça recostada em algumas almofadas, nuazita. Não nuazinha, nuazita — ousei —, que é mais do que nuazinha.

— Nuazita? Eu fico nuazita? Que legal! — exclamou.

Flanávamos e fui, delicadamente, confessando que a amava. Que tenho passado a vida em busca da Poesia e finalmente a encontrei, um dia, em uma gruta. Escondida em uma greta, a Poesia, oculta em uma fresta de ti, eu disse a ela.

— Lindo! — exclamou.

Nesse momento nos demos as mãos e prosseguimos. Mencionei minha paixão por esculturas. Que adoraria tê-la ao meu lado no Museu Rodin, onde inventei um poema dizendo que às três da tarde/ no Museu Rodin/ eu a esperei, a tarde toda,/ sob O *Beijo*.

— Fala tudo, quero saber tudo! — ela insistiu.

Contei-lhe então que, com seu tailleur vermelho, ela vestindo apenas o casaquinho, experimentamos nos amar, desabridamente, algumas vezes.

— Sem restrições — eu disse. — Seu organborok é livre e me ama.

Contei que um dos momentos mais fascinantes para mim é aquele no qual ela se despe. O casaquinho guarda seu perfume e desfruto, nele, do odor da sua transpiração. Ela me olhava, curiosa. Muito. Queria saber mais.

Então, percebendo sua excitação, criei coragem e relatei que ali mesmo, no Jardim de Luxemburgo, acontecera uma loucura, da qual participara seu organborok. Uma loucura tão doida que eu não teria coragem de contar.

— Conta, conta tudo. Quero saber de tudo, com todos os detalhes — ela ordenou.

— Foi aqui, eu disse. Exatamente aqui, no Jardim de Luxemburgo. À noite. Os meninos sabiam por onde entrar, pela porta na rue Guynemer. Levaram você de riquixá. Havia um colchonete sob a faia.

Contei, então, tudo e mais um pouco que fluiu da minha veia literária. Ela desejava saber mais e mais das venturas e aventuras do seu organborok.

— Como começou? — perguntou-me.

Contei que estávamos em um bar e ela foi ao banheiro. Demorou-se bastante e, assim que voltou, percebi que sua blusa de seda não disfarçava a circunstância de que voltava sem sutiã. Perguntei-lhe e ela disse que perdera o sutiã e a calcinha no banheiro. Havia um sorriso safado em seu rosto. Um cafajeste veio então sorrindo. Trazia-os nas mãos, me deu e disse assim: "Sua mulher esqueceu no banheiro!". E se foi sorrindo. Ela então, com um toque de malícia no olhar, contou que foi na pia, na beirada de mármore da pia.

— Muito gostoso — ela disse.

Nada a escandalizava.

E eu prosseguia, acrescentando pormenores ao que ela mesma me contara. Os meninos a levaram de riquixá. Sabiam por onde entrar. Havia um colchonete sob a faia. Então me perguntou, sacana, se os adolescentes eram afoitos. Sim e não, respondi, descrevendo como foi, pormenorizadamente...

Continuávamos de mãos dadas, ela apertando a minha, nossos dedos se amando. Jamais supus que dedos pudessem fazer amor. Assim como os olhos. Nossos olhos também se amavam, faziam sexo, loucamente. Nossos olhares fodiam.

Tentei algumas vezes beijá-la, mas ela recusou, ainda que estivéssemos o tempo todo fazendo sexo com os olhos e as mãos. De repente, sem mais, afirmou que tinha que ir. O marido a esperava. O tempo passara. Precisava imediatamente ir-se embora.

Ao deixá-la em um táxi que chamei pelo celular, no portão da rue de Vaugirard, ela propôs que eu fizesse de conta que não estivemos juntos naquela tarde. Fizesse de conta que não estivera com ela. Pois em verdade eu estivera, disse-me ela, eu estivera a tarde inteira com seu organborok.
— Entendeu? — perguntou-me, peremptória, pela janela do táxi ao partir.
Depois disso, nós e os adjacentes encontramo-nos várias vezes. Jamais toquei no assunto. Nunca fiz referência, em pequenos instantes nos quais estivemos a sós, ao que aconteceu no Jardim de Luxemburgo. Nem mesmo a ele, seu organborok, jamais mencionei o assunto. Não desejo decepções, em qualquer plano.

O Pacheco leu o conto sem que eu o interrompesse. Terminou a leitura, dobrou as folhas e depositou-as sobre o tampo da mesa. Olhou-me nos olhos, irado, contendo a raiva que sentia por tomar consciência de que a mulher do conto é a Leonor. Raiva de quem descobre que o melhor amigo deseja, em todos os sentidos, sem quaisquer reservas ou limites, sua mulher. Tudo, inclusive sua partilha com os meninos do riquixá etc.

Colocou as folhas sobre a mesa, atirando sobre mim um olhar de ódio e desprezo. Ergueu-se e se foi. Definitivamente. Reagiu de modo inteiramente diverso do que adotava quando eu falava de Leonor.

Percebi então que me enganara. O Pacheco realmente existia no instante em que lhe dei o conto para ler. Existia, sim, e descobrira a verdade.

8

AS COISAS ME PARECEM CONFUSAS. Cada dia que passa torna tudo mais confuso. O Pacheco enfurnou-se em algum lugar, passou a mandar matérias para o jornal por e-mails. Sumiu. Nunca mais o vi. Procuro uma saída, mas não sei para onde ir, não sei por onde ir. E, por pensar assim, quase a copiar um poeta português, o José Régio, decido voltar a Lisboa. Recomeçar o enredo.

Daí que agora me encontro novamente naquela mesa do Paço d'Água, na Praça do Comércio, em Lisboa. O chamado Terreiro do Paço. Torço para que o Pacheco apareça de repente. Peço uma limonada e água mineral para o Pacheco. O mesmo garçom me vê e sorri, discretamente. Olho em direção ao exato lugar — suponho que tenha sido ali — onde morreram, no regicídio de 1908, três pessoas. Ali, além de Dom Carlos e seu filho e herdeiro, o Príncipe Real Dom Luís Felipe, foi então assassinado Augusto Maria de Saa. Incrível, porém sua morte não é lembrada. Um escritor como ele! Inexplicável. Nada, nem uma linha a respeito da morte do Saa no regicídio. Deixo, contudo, isso de lado. Agora não importa.

— O Pacheco não vem — digo a mim mesmo.

De repente, no entanto, vejo a Leonor apressando o passo, sorrindo para mim, faceira. Alegria, vem trazendo alegria. Levanto-me, faço-a sentar-se ao meu lado. Sorrimos. Pego suas mãos. Faço um psiu ao garçom, pergunto a Leonor o que deseja tomar.

— Ele não me vê — ela diz. — Só vê a ti. Sou invisível, para ele e para os outros. Só tu me vês, meu amor.

E nesse "meu amor" estava todo, todo o nosso amor. Nosso amor da vida inteira. Comecei a compreender então que tudo pode acontecer.

Abracei-a, trouxe-a bem para junto a mim, beijei-a na boca, ela correspondeu. Depois me afastou um tantinho, abriu os botões da blusa, enfiou as mãos até o meio das costas e soltou o sutiã. Acariciei seus seios, beijando novamente sua boca. Sua mão escorregou até alcançá-lo e o tocou. Então a Leonor se ergueu, libertou-se da saia e da calcinha e sentou-se à beira da mesa, acessível. Começamos a fazer amor ali, à luz do meio-dia, deliciosamente, na Praça do Comércio, em Lisboa.

Quem passasse me veria sentado, estático, o olhar distante. Não obstante, lá estava eu a amá-la, a fazer amor em toda a Leonor, intermitentemente, para sempre. Começamos ali, sobre a mesa do Paço d'Água, e até agora não acabamos. Nesse meio-dia aprendi que o infinito é aqui. E, conforme nos virávamos, na multiplicidade de posições que assumíamos em cima dessa mesa no Paço d'Água, na

Praça do Comércio — os seios de Leonor como se fossem em desalinho —, de quando em quando eu sussurrava ao seu ouvido que ela parecia um *pendant*.

9

Estou agora a escrever ininterruptamente. Desde meu encontro com o Pacheco em Lisboa consigo finalmente compreender. Não importa o que seja. Escrevo como quem respira. Vou em frente, simplesmente sigo.

Manhã já, minha mulher vem ao meu pequeno escritório, em nossa casa. Entra com um café e bolachinhas. Pego sua mão, delicadamente.

— Pare um pouco de escrever, por favor. Você passou a noite acordado. Descanse um pouco — ela pede.

— Não consigo — respondo. — Tenho a impressão de que estou escrevendo um texto instigante, um desafio ao leitor.

— Pacheco, meu amor — ela me diz —, você é mesmo incorrigível!

A Grande Pharmacie Centrale, Rouen

Pergunto a mim mesmo se a farmácia já lá estava quando me instalei no número 31 da Place de la Cathédrale. A Grande Pharmacie du Centre, no térreo do prédio de cinco andares, no número 21 da praça em cujo topo está esculpido o nome do edifício, Grande Pharmacie Centrale. Em fevereiro de 1892, acomodei-me no primeiro andar do número 31, esquina da rue du Gros Horloge.

Pergunto a mim mesmo se ela já lá estava, qual era o seu nome. Não me lembro. Era como se eu nada visse senão a catedral que contemplava pela janela. Passei dias diante dela, tentando captar a totalidade das suas atmosferas e luzes. Depois, inúmeras vezes ainda a reproduziu o meu olhar.

O nome da farmácia não tem a menor importância, salvo se estivermos a fim de detectar superposições. Se não a via então, porque haveria de importar a diferença entre ela ser *central* ou *do centro*? Talvez, certamente, não sei. Hoje há uma loja no número 31. Hei de obter novamente acesso àquela janela.

Faço fotografia, não sou apenas fotógrafo. Sempre. Seja quando fotografo um gesto, seja quando me exercito, como agora, fazendo fotos da ponte da Normandia. Este é meu ganha-pão, fotografar.

Por ser assim, enfrento inusitados desafios. Como a proposta do editor de uma revista, que me pediu que fotografasse memórias de pintores. Isso por conta de uma experiência anterior, quando capturei rumores em Viena. É como se, ao olhar as fotos, pudéssemos ouvi-los. Pediu-me que voltasse a Viena e fotografasse memórias.

Fotografei rumores certa manhã, depois que uma mulher velara filmes em nosso quarto de hotel. Uma mulher que não queria closes e usava um vestido para o cinza, disponível para ser desabotoado, de alto a baixo, como se fosse uma capa. Quando ela me deixou — filha da mãe! — voltei ao parque e fotografei rumores.

Um projeto sem rumo, fotografar memórias de pintores. Memórias congeladas em pinturas, eis o que deveria fotografar.

A simplicidade do projeto embaralhava minhas ideias. Caber-me-ia desenvolver suposições a respeito da memória do que, ou de quem, diante de uma tela, em certo momento estaria debruçado o pintor. Danei-me a andar pelo parque. Detive-me diante de um monumento em homenagem a Hans Makart, de quem jamais ouvira falar. Sentei-me aos seus pés, pedindo alguma ideia, algum ponto de partida. Olhei em seus olhos, como se perguntasse o que aparecia em sua memória ao pintar. Jamais ouvira falar de Makart. Estava perdido, sem rumo. Voltei-me então para mim mesmo.

Em que penso ao fotografar? Não faço fotos, sou um artesão da fotografia. Diante de uma tela, o pintor goza de um tanto de felicidade, do qual apenas ele conhece o segredo. Os tons e a intensidade da luz, o contraste das cores quando se transformam em nuances de branco e preto, tudo isso posso captar. A memória de algo, ou de alguém, que o pintor experimenta diante de uma tela, em determinado momento, isso não. Posso fotografar o movimento de braços da modelo que moldou certa postura. O movimento de quem trouxe o vaso de flores etc. Mas certos *bonheurs*, como dizem os franceses, dos quais só o pintor conhece o segredo, isso é impossível captarmos. É impossível fotografarmos segredos.

Quando pinto, desenho ou escrevo, reconstruo, crio uma nova versão da realidade tal e qual a imaginei, supus ou vivi. Quando fotografo, reproduzo a realidade na versão que sou capaz de apreender. Faço uma cópia autêntica da minha realidade. Se dois fotógrafos sacarem duas fotos idênticas, situados exatamente no mesmo ponto, com a mesma máquina, sob a mesma luz, as fotos serão diferentes.

As fotografias que faço expressam meus segredos, frustrações, arroubos, espasmos de felicidade, tristezas. A pintura é de planos contínuos, espaço e tempo. Por isso nela pode, sim, existir a memória. Na fotografia, não. A fotografia reproduz cortes nesses planos, instantâneos, mesmo quando há poses. Registra o instante. A pintura projeta e, em sua duração, desdobra o tempo. Mas não há nenhum movimento temporal nos cortes consumados pelo fotógrafo, embora expressem seus segredos, frustrações, arroubos, espasmos de felicidade, tristezas. Apenas o instante, sem passado nem futuro. Por isso não se pode fotografar memórias, planos contínuos que a fotografia corta, celebrando o instante.

Ouço frequentemente, gritado desde dentro da minha memória, um pedaço de um poema de Cassiano Ricardo em que ele diz que vai subir lá em cima, mais alto do que vai o avião — lá onde os anjos jogam pedra no cão da constelação —, para tirar uma fotografia exata e provar a Deus que a Terra não é redonda, mas chata. Não é redonda, mas chata. É bem assim. Cada fotógrafo capta formas distintas que a Terra assume para si por ser tão chata. Meu amigo Clemenceau afirmou que no campo eu encontrei a paleta da natureza. É isso, com a peculiaridade de que, assim como pintei a catedral de modo distinto daquele que Seurat a pintaria, dois fotógrafos fazendo fotos dos mesmos objetos produzem distintas fotografias. As fotografias da catedral feitas por D'Agata seriam bem diferentes das sacadas por mim ou por Araki.

Retornaria sem nenhuma foto das que me encomendaram. Trazia comigo apenas o nada que se pode desnudar nos segredos da escolha da modelo, da expressão, da posição. E da ordem da natureza, quando fotografamos paisagens.

Cabia-me de todo modo, agora, fazer fotos da ponte da Normandia.

Aproveitei uns dias sem sol para ver, simplesmente ver. O Havre, Deauville, Trouville, Etretat. Depois, em Honfleur, o Museu Eugène Boudin.

Pouco sabia de Boudin, mas ali, de repente, foi como se o reencontrasse. Ele e seus amigos. Inopinadamente Monet, que dizia ter se tornado pintor por obra sua, mestre e amigo que o ensinou a olhar e compreender.

Fiz as fotos da ponte, como o editor que me enviara à França encomendara. Era, no entanto, como se eu pedisse que o sol não voltasse a aparecer e reencontrasse Boudin ensinando a Monet a pintar paisagens ao ar livre. Estendi o tempo programado para estada na Normandia, ensaiando aprender a ver.

Retornei com os livros que pude encontrar, mandei buscar outros, li, procurei na internet, essa coisa maluca que permite aos não iniciados em fotografia saber, por exemplo, quem são Araki e D'Agata. Descobri então, estranhamente, uma proximidade intensa a Monet. Proximidade há ou não. Não se pode fazer de conta algo que realmente é. Eu nos vi próximos. Não inventei, não simulei. Fiz de conta a verdade.

Revisitei toda sua obra, começando pelas caricaturas que, jovem ainda, Monet desenhou no Havre. Os primeiros quadros meio sem graça.

Depois, o quanto foi acontecendo até que aceitei o conselho de Boudin. Pintar ao ar livre, reproduzir atmosferas. O Sena, manhãs, rochedos, barquinhos, as ninfeias, a ponte japonesa. Não me deixarei repetir, reproduzir cada instante. Viagem a Londres, o encontro com a luz de Turner, aquele sacana! Essa coisa da luz me estonteou quando a encontrei na praia, em Trouville, aos trinta anos.

Decidi então voltar à França, dessa vez a fim de fotografar para mim mesmo. Tracei planos. Começaria a visita a Monet por Paris. O Museu d'Orsay e a Orangerie.

Depois Giverny e, adiante, Rouen. Há de parecer estranho que alguém que faça da fotografia profissão tire férias para fotografar! Pois assim me fui, até que me encontrei, literalmente, em face daquela catedral.

Isso aí, a Catedral de Rouen, naquela praça! Há uma loja no número 31. Hei de obter acesso à janela. Monsieur Jean Louvet, o proprietário da camisaria do térreo, há de ser camarada, permitirá que eu me instale por alguns dias no primeiro andar.

Lá dentro, situei o tripé sobre o qual apoiaria meu equipamento — a velha Rollei e duas digitais, a Leica e a Nikon — exatamente no ponto onde esteve meu cavalete. O portal da velha catedral o tempo todo ali, desde a entrada da bruma matinal, depois em outras nuances, a seguir em harmonia de azul, cinza e azul. Não há nada tão malandro e sutil como a luz natural, espontânea, luz das manhãs e dos dias que aí vem.

Instalamos no estúdio sensações de todos os tons a partir de pequenos e amplos refletores. A luz do sol, todavia, tal qual a surpreendi na janela do primeiro andar do prédio de frente para a igreja, é irreproduzível. Horas e horas, momento a momento se movendo, dando saltos de repente, espreguiçando-se lânguida, gostosa, sensualmente a seguir. Em tons sem limites, cinza, branco, azul e rosa — como anotou meu amigo Clémenceau, afirmando generosamente, em um livro, que no campo eu encontrei a paleta da natureza.

Fartei-me de luz, inconclusivamente. Desejando mais e mais, delicada e profusamente quando a noite chegava, abafando a respiração. Nos dias que vieram, a cada manhã, a catedral esbanjando luz em tons rubros, azuis, cinza, violeta e cor-de-rosa. Que loucura! Luzes e tons de todas as cores, cores e luzes de todos os tons! Aurora, meio-dia, entardecer. Ringa ringa, dim dim dim! A luz do sol embriagando como se fosse anisete, no tom suavemente alucinado, cor-de-rosa, do *Le Portail (harmonie bleue)*.

No final da manhã fui ao laboratório do Edgar. Abrimos o pen drive na tela, a fim de selecionarmos de quais delas fazer canvas. As fotos da Rollei eu revelaria no correr da tarde.
— Que loucura! — disse-me ele. — São exatamente essas, com as luzes que você captou, as fotos que Monet, se fotografasse, faria da Catedral!
Baixei os olhos e, calado, sorri para mim mesmo. Nesse breve momento tomei consciência de quem sou.

A SIBIPIRUNA FUSTIGADA PELO FRIO

— O TEMPO É UMA CONVENÇÃO — disse o homem mais velho. — Os acontecimentos não são encadeados, não se seguem uns aos outros. Menos ainda consequentes — completou. — Nada impede que o antes ocorra depois e um estalar de dedos, de repente, seja mais longo do que a eternidade.
— Então é uma confusão — eu disse.
— Que nada — o velho respondeu. — É uma questão de adaptação. Leva um tempinho, um estalar de dedos, mas é assim que acontece.
Reuníamo-nos no espaço mais elevado da colina. Havia uma sibipiruna fustigada pelo frio, embora o sol esparramasse luz a partir da encosta da serra, até mais além. No topo dessa árvore, no verde das folhas que restavam, podíamos ver galhos de uma hera trepadeira avermelhada. Um pintor, se pintores existissem então, teceria belas telas dessa tarde. O alter da folhagem nessa tela seria a espuma do mar.

Ali estávamos, sob o que era sombra na primavera, no verão e no outono. Sempre ao final da tarde. O homem mais velho explicava as estações. Insistia que habitamos um enorme bloco de terra girando em torno do Sol. E o tempo, ele dizia, é mera convenção. Não entendíamos como seria possível combinarmos, uns com os outros, o que não depende de nós.

Então, sem que nenhuma pergunta houvesse sido formulada, o velho contou:

— Um dia um sujeito inventou um descompressor do tempo, mexeu no lugar errado e pum! Viemos parar aqui. Entramos diretamente na Antiguidade. Somos uma civilização sem pré-história, começamos pela metade.

E prosseguiu afirmando que o Sol se move em torno de nós, como o nosso chão em torno dele.

O que o velho dizia não fazia sentido. Nada teria existido antes da queda do Império Romano e bem depois. O tempo teria começado já no meio? Como poderia saber, hoje, o que foi descoberto ou rememorado amanhã? Desde antes, sem que, no entanto, pudesse ter sido.

A Grécia, mais do que o Império Romano, era anterior à versão de existência que nesse final de tarde exercitávamos. E aquela mulher linda, um camafeu, preparando o fogo em um recipiente de luz feito de barro.

— E tem mais — disse o velho. — Se aumentarmos cem vezes, exatamente na mesma proporção, o tamanho de todas as coisas que enxergamos, nada será diferente do que é. Percebem? Tudo exatamente na mesma proporção. Objetos, pessoas, horizontes, nós mesmos na mesma proporção. Multiplique por mil ou divida por um milhão e tudo será exatamente igual ao que temos aqui, agora.

Se você não entendeu, faça outra leitura, atentamente. Ou não leia mais nada. Procure fazer algo à altura da sua inteligência. Faça excursões pelo rodapé da parede da sala, que meus olhos visualizam, em êxtase, como se o infinito fosse ali.

— Cáspite! — disse o velho. — Divida tudo por um bilhão de vezes, guardadas as mesmas proporções, e nada se altera. Tudo continua a ser exatamente como é.

E completou:

— Mais adiante, um dia, explicarei a vocês que o tempo é como o espaço, de sorte que a eternidade pode durar o instante de um plect nos dedos!

Pedi então ao velho que explicasse melhor como é essa coisa de aumentarmos e diminuirmos tamanhos.

— Vamos deixar bem claro — disse ele. — Alguém já no futuro afirmou isso, sem mais nem menos. Suponha uma sala apenas com uma janela e uma porta, fechadas. Tudo vazio, somente você lá dentro. Se aumentarmos a dimensão das paredes exatamente na mesma proporção, inclusive o seu tamanho, não notaremos nenhuma diferença. De acordo?

Dissemos que sim e o velho observou que tudo seria rigorosamente como é em seu tamanho, sem que percebêssemos qualquer aumento ou redução, mesmo se na sala enfiássemos mais algumas coisas, muitas coisas, e aumentássemos ou diminuíssemos dimensões, nas mesmas proporções.

A essa altura eu já me convencera, porém o velho complicou:

— Também se alterarmos as unidades de duração do tempo, tudo ficará mais rápido ou lento, mas nenhum de nós terá consciência disso. Percebem?

Fiz que sim, como os outros, no espaço mais elevado da colina, sob a sibipiruna fustigada pelo frio, embora o sol esparramasse luz a partir da encosta da serra, até além. No topo dessa árvore, a hera trepadeira entre o verde das folhas que restavam.

Meu olhar, no entanto, de repente passou a acompanhar os movimentos da mulher que preparava o fogo em um recipiente de luz feito de barro. Uma mulher fascinante, atiçando o fogo, vestindo apenas uma blusa, nada mais.

Estava dividido, entre ouvir o que dizia o velho e me deixar levar pela libido dessa mulher, na qual visualizava tonalidades muito loucas. Dividido entre a sabedoria do velho e desenfreada excitação pelas nesgas dessa mulher.

É mesmo assim, pensei. Nada impede que existamos como porção proporcional às menores — ou maiores — dimensões de qualquer todo. Assim como acontece com o tempo: se o infinito é aqui, a eternidade é mesmo um plect, um estalar de dedos.

— A lucidez, inviável enquanto estamos despertos, é praticável unicamente durante o son(h)o — sussurrei para mim mesmo. Tal e qual aquela mulher espuma de mar, no topo da sibipiruna fustigada pelo frio. O mistério das dimensões em mutação nada significava enquanto eu dela pudesse fruir, vertendo-me entre os dedos dos seus pés, depois em suas mãos. Se eu entrasse com ela no mar e imergíssemos, minha relação com a realidade resultaria inabalável. Eu, horizonte, fenômenos climáticos, tudo. Desde o movimento dos astros às pequenas borboletas e insetos em périplo, próximos à sibipiruna envolvida pela hera trepadeira, entre o verde das folhas que restavam. Tudo seria permanente, física e temporalmente.

A essa altura voltei meus ouvidos ao que então dizia aquele homem, agora afirmando que até o século XVIII o fantástico existia, mas a Ciência veio chegando e acabou com ele. Então só restou ao ser humano o exercício do sonho, mas também a amplitude, o espaço dos sonhos começara lentamente a ser reduzido.

Nesse momento um menino que apenas ouvia inquietou-se e ousou perguntar se então a ciência é uma merda, uma merda que não apenas destrói o fantástico, mas também elimina os sonhos. O velho, em desalento, concordou.

Afastei-me então, caminhando em sua direção, dando-me conta de que aquela mulher camafeu, vertida em espuma de mar, no topo da sibipiruna fustigada pelo frio, exatamente como existia ao alcance dos meus olhos, viabilizava minha existência.

Se eu me deixasse conduzir pelo homem mais velho, a libido daquela mulher que atiçava o fogo em um recipiente de luz feito de barro escaparia entre meus dedos. Escorreria pela linha do horizonte.

Percebi então, pelo canto dos olhos, que aqueles que o escutavam, o homem que explicava o mundo, foram aos poucos se afastando. Seguiam outros pretextos. Senti medo, de repente, de que algum deles se movesse em direção a ela, pretendesse disputá-la.

Mas todos se foram e eu a tomei em meus braços. As circunstâncias desse final de tarde permitiram que ela viesse a ser — aquela mulher camafeu, no topo da sibipiruna fustigada pelo frio —, que essa mulher se tornasse minha, para sempre. Danem-se o velho e a ausência de son(h)o.

A mulher que eu amo

Acabei cedendo a minhas filhas, fui ao analista. Era só o que faltava! Um homem da minha idade confessando a um estranho sua paixão, minha paixão, por uma mulher! Era só o que faltava! Mas fui, mesmo assim fui ao analista.

O passado tem uma alça de presença no futuro. O pianista no clube de jazz que frequentamos na rue Saint-Benoit sai da escala musical, vai além da pauta musical. Marginaliza. Bach, o próprio Bach o acompanha, tamborilando os dedos sobre a mesa, e o pianista excede suas notações. Atravessa a normalidade, assim como um Livarot excede os odores dos queijos bem-comportados da Normandia.

Eu começava, no entanto, a falar das minhas duas filhas.

Após a morte da mãe — eram crianças — a elas me dediquei. Ao trabalho e a elas. Hoje desfruto do quanto acumulei. Levo a vida a ler e a viajar. Sobretudo a Paris. O que jamais consegui foi que a mulher que eu amo deixasse essa cidade. Nem por um momento.

— Aqui é o meu lugar — diz ela. — Não insista.

Respeito seus desejos. Ela me ama, eu sei. Ao seu modo. Sei que me ama. Aceito-a como é.

É verdade que de quando em quando a memória de Carol, a mãe das minhas meninas, acomoda-se ao meu lado. Nó na garganta e olhos marejados então. Lembro-me do namoro, toques de dedos, suavidade. Canções que se foram e de repente voltam, sem razão aparente, na beira de alguma memória do passado.

Como passa o tempo! Pequenas coisas ocupam o espaço inteiro da minha memória. Carol vestindo o tailleur de tweed cinza, castanho e bege. E o mesmo perfume, Miss Dior.

Conheci-a, a mulher da minha vida, antes de me casar com Carol. Encontrei-a em Paris, no Jeu de Paume. Lá estava ela, nua. Fiquei encantado pela sua nudez. Aquela mulher me contemplava. Lubricamente. Uma flor nos cabelos, a gargantilha safada abraçando seu pescoço, o bracelete e os chinelos de cetim. Olhava para mim de modo mais efetivo do que eu a admirava, minha atenção dividida entre as flores que a negra trazia — o gato preto ouriçando sensações — e as dobras do lençol e de seu corpo. Seu corpo repete o de Carol. O erotismo nos corpos de Carol e da mulher da minha vida provinha, em parte, do fato de suas pernas serem mais curtas do que suporíamos ao considerar os rostos, os ombros e os seios de uma e outra. O ombro direito irretocável, lindo.

Carol está lá, naquelas telas. De repente me vê, ensaia um gesto, discretamente, e passamos a existir em alguma porção de tempo do passado ou do futuro. Não sei, realmente não sei se no passado ou no futuro.

Era noite, o museu sem mais ninguém senão nós dois e aqueles homens que usufruíam da lubricidade dessa mulher cujo rosto e corpo já no primeiro instante eu confundira com os de Carol. Tecia a paciência da espera. Ela somente me receberia, no futuro, após o último cliente tê-la deixado, sem apagar do corpo os rastros dos que a amaram desde o começo da noite. Fingiria então acreditar quando ela dissesse que faria comigo, ou em mim, o que não fazia com ou em outros homens.

Desde então a frequento, exercitando, em segredo, a doce espera de um novo reencontro. Carol, a quem confessei o que sentia, compreendeu-me, consciente de que nada impediria que eu a amasse. Sabia que eu a queria tanto quanto à outra.

Um dia desses, retornando de mais uma viagem a Paris, comentei com uma de minhas filhas ter visto Marguerite Duras na mesa do terraço de um café na rue Saint-Benoit.

— Papai! — exclamou uma delas, espantada.

— Pois eu vi — confirmei. — Estava sendo fotografada por Robert.

— Qual Robert? — perguntou-me.

— Doisneau, Robert Doisneau! Eu estava em dúvida inicialmente. Marguerite nos cumprimentou, Robert disse *helás!* e seguimos.

— Papai! Isso não faz o menor sentido!

— Está aqui — eu disse. — Veja esta foto!

Minha filha manuseou o livro que eu tinha em minhas mãos, as memórias de Edgar Morin, página noventa.

— Papai, este livro acabou de sair, veja lá. A edição é de 2013. Mas a foto é antiga, foi tirada nos anos 1940. E Robert Doisneau, eu sei, morreu na década de 1990. Você não podia estar lá, papai.

— Estava sim, minha filha. Estava com ela, foi ela quem identificou Marguerite Duras.

Por conta de conversas assim, durante as quais minhas filhas me surpreendem, mais do que eu a elas, é que concordei em ir ao analista.

Em uma conversa com o analista, descrevo cenas que ficaram fixadas em minha mente.

Um dia cheguei com umas flores e ela me esperava, nua. Não a via de frente. Oculto lá atrás, era como se dela fizesse parte. Não. Talvez não, talvez não tenha sido assim. Na cena que descrevi ao analista estou oculto atrás de um muro onde há uma coluna e um vaso de flores, duas outras mulheres, um cãozinho adormecido — não aquele gato. Seus cabelos são longos. A mão esquerda, em si mesma safada. Não, creio que não. Agora tem a mão espalmada sobre a coxa direita. Chego aos poucos, entre as sombras do biombo castanho e da cortina verde, acompanhando a negra que carrega as flores que eu trouxera para ela.

E aquela flor nos cabelos desafiando, embora ainda que de forma suave, as demais cores possíveis.

Nenhuma foto de Carol a reproduz de modo tão fiel. Não que as feições, os traços do rosto, a curva dos ombros, o desenho do colo sejam os mesmos. Não se trata de traçar um retrato de Carol como uma fotografia exata. É que a sensualidade dessa mulher me lembra Carol em um sofá. Em meu imaginário, seu corpo ocupa, à perfeição, a silhueta dessa mulher. Movimento-me diante dela, procuro o ângulo correto para captar seu olhar. Busco o ponto de encontro entre ambos, o meu e esse outro, o olhar de Carol diluído nos olhos dessa mulher. Desfruto da nudez de Carol. As pernas relativamente menores do que deveriam ser — talvez um ou dois centímetros —, os seios rijos, a curva do ombro direito, as coxas não excessivas, as cadeiras estreitas, a mão esquerda em concha, recatando o púbis.

Durante muitos anos, em todas as alternativas dos meus sonhos, seguidamente vim ao seu encontro, em um quase ritual de alguns anos para cá no D'Orsay. A cada visita ao museu renovo nosso pacto amoroso. Durante muitos anos, em todas essas alternativas, reencontro Carol, lubricamente. Mais de uma vez ao ano, em certos períodos repetitivamente, algumas vezes em uma só semana. Então, na visão múltipla dos meus olhos, Carol é aquela mulher, aquela mulher é Carol, as duas compõem uma só memória, um corpo só. Ambas ocupam o mesmo espaço nos meus sentidos. Há uma cumplicidade secreta entre nós quando nos encontramos, não importa a eventual presença, na sala, de outras pessoas. Bastam-nos nossos olhares. De modo que, a admitir-se que Carol estivesse entre nós e desejasse retornar ao passado, a fim de recuperar a memória do meu olhar, bastaria que viesse a Paris, ao D'Orsay.

Após a larga entrada, vinte degraus, em dois lances, a descer. Em seguida, uma breve caminhada entre esculturas. À esquerda, de início, Napoleão e dois medalhões, Virgílio e Dante. Que suba então três degraus, até a mulher picada pela serpente, de Auguste Clésinger. Mais alguns degraus a subir suavemente e Carol alcançará, depois de outra larga escadaria à esquerda, a quarta sala, também à esquerda, de cuja pequena entrada, olhando-se para o lado de fora, vê-se, à direita, o cantor florentino, de Dubois. Nessa quarta sala as duas ficarão frente a frente. Carol deverá colocar-se um pouco à direita para fixar intensamente os olhos da outra. Lá, no interior mais profundo desse olhar, encontrará o reflexo do meu olhar definitivamente captado, cristalizado.

Essa mulher fascinante que se confunde com Carol terá sido a única que poderia tê-la substituído. A única que poderia ter se interposto entre nós, afastando-nos, um do outro. Tudo o mais terá sido ilusão, jamais existiu na realidade.

A sensualidade dessa mulher me fascina. A mão esquerda crispada, em uma quase contração, ocupa o centro da tela não somente no sentido geométrico, porém na síntese do que esconde. Mão de quem sabe estar sendo observada como fêmea. Mão que, ainda que tomada isoladamente, despertaria desejo e emoção.

Apaixonei-me por ela, o que valeu pela reafirmação da minha paixão por Carol. Ambiguamente. Daí que, na múltipla visão dos meus olhos, as duas passaram a compor um corpo só, ocupando o mesmo espaço em sua libido. Carol é uma putinha recebendo a visita de um cliente cuja chegada é anunciada pelo buquê de flores nas mãos da escrava.

Sou eu esse cliente. É o meu olhar que lança luz sobre a nudez de Carol. Tanto ela quanto Carol são minhas invenções. Sou eu quem as desnuda. Sou o responsável pelo despudor dessa nudez. É a mim que Carol a exibe, sabendo que o gesto de levar os braços à nuca, erguidos para trás, gesto sacana, me excita. Essa mulher me enlouquece.

O laço de fita no pescoço, a flor nos cabelos, o bracelete, o gato preto no canto da tela e aquele corpo pequeno perturbam meu imaginário enquanto fico por ali, à espera da minha vez.

Antes é necessário, contudo, que Carol se entregue a outro cliente. Há mesmo, agora, um deles com ela. Espero por ali, entre a mulher picada pela serpente e o cantor florentino, sem ansiedade. Carol ficará comigo, a noite toda, depois que ele se for. Quando estivermos apenas os dois na quarta sala à esquerda, após os vinte degraus, ela se mostrará de frente para mim. Mantendo a flor nos cabelos, desatará o laço de fita no pescoço, mandará sair a escrava com as flores e vestirá a saia escocesa da sala avarandada, que permitia que minha mão sub-repticiamente avançasse até o monte de vênus. Escutaremos canções daquele tempo. Depois dormirei como um menino em seus braços. Um amor mais do que suficiente para ser dominado pela ambiguidade das paixões que não se acabam.

O analista nada tem a dizer, escuta.

Provoco-o. Digo das suas virilhas, disponíveis sob as abas da saia escocesa. Conto que sinto seu perfume mais secreto em meus dedos. Provoco-o, como a desafiar minhas filhas. Declaro a esse senhor, proprietário de um silêncio irritante, o que jamais ousei dizer a elas.

De repente ele quebra o silêncio que me destrói e diz o que jurei a mim mesmo jamais ter ouvido:

— Não, meu caro. Ela não é sua mulher. Já foi de outros. Foi de Giorgione, depois de Ticiano. Chamavam-na Vênus. Agora é de um francês bem mais velho do que você. Ela é de Manet e a chamam Olympia, Olympia de Manet. Você a confunde com Carol, mãe das suas meninas, a mulher que você ama.

O alucinado do Vieux Bassin

Um gato branco avança pela porta de entrada. Desliza entre as pernas dos que, nos primeiros bancos invertidos, de costas para o altar, de frente para o órgão, aguardam o início do concerto. Haydée pressiona levemente o braço de Alberto. Alberto sorri. Vira o gato, sim.

À tarde passaram pela rue de la Republique. Sem avançar até o outro lado, qual o gato que livremente entrou pela porta da igreja de Santa Catarina. Faltava a Alberto, para atravessá-la, a liberdade do gato branco avançando pela porta de entrada da igreja, deslizando entre as pernas dos que, nos primeiros bancos invertidos, de costas para o altar, de frente para o órgão, aguardavam o início do concerto.

Alberto ensaiando ousadia, Haydée recatada. Um namoro diferente dos de hoje, virgens os dois. Alberto reiteradamente tentando suprimir essa dupla virgindade.

Em toda ficção há pedaços de verdade. Como esse concerto, o gato branco, uma noite de agosto. Atravessar a rua, naquele ponto, seria avançar pela porta de entrada de algum mês por volta de 1370, talvez antes.

Do outro lado da rue de la Republique, na rua que nasce ali, do outro lado, exatamente no ponto em que Haydée passa para lá, há uma loja em cuja vitrine havia violinos inacabados e por restaurar. Uma loja que Alberto vê de longe, alçando o olhar, como se buscasse a silhueta de um barco no horizonte. Depois da praça, a rue de la Republique vai-se embora, em direção a Pont-l'Évêque.

Lá atrás, no ponto em que Haydée passa para o outro lado, haveria de ser qual um pirata. Afastar qualquer compromisso, recusar concessões. Atravessar naquele ponto seria uma audácia, uma transgressão própria a um bandido do mar.

Piratas são livres, agem por conta própria, não têm pátria, prestam contas somente à sua tripulação — se é que as prestam. Corsários são mandatários, burocratas do rei. Seria necessário atravessar a rue d'Orléans, depois chamada rue de l'Egalité, rue Impériale, rue Royale, até que, em agosto de 1830, voltou a ser rue d'Orléans e, finalmente, rue de la Republique. As ruas trocam de nome, ao sabor da História, como as mulheres mudam de roupa, acompanhando a moda. Seria necessário atravessá-la plenamente, como um pirata, sem prestar contas a ninguém.

Haydée vestia-se de ousadia. Passando para o outro lado da rue d'Orléans, era/tinha sido puta de muitos marinheiros, capitães e piratas. Mas odiava corsários.

Um casal de namorados. Haydée e Alberto. Uma rua que é como se dividisse a cidade ao meio, um bairro do lado de cá, outro do lado de lá.

Alberto jamais a atravessara. Algo o impede. Haydée sim. Passa para lá e para cá, sempre no mesmo ponto. Afirma a Alberto que, do outro lado, chega à Idade Média. De lá vê o lado de cá, qual existia então. É mágico, Haydée vê o lado de cá como era na Idade Média. Somente ela pode jogar essa mágica. Alberto não ousa cruzar aquele ponto.

Lá se vai ela. Leva nos braços um ramo de cores impressionistas. Os olhos de Alberto perseguem seu andar. À meia distância, voltando o rosto para trás, Haydée parece uma corola, pétalas e pistilos eriçados. Alberto olha suas pernas e, de repente, se dá conta de que poderia ficar setenta e sete horas a fitá-las! Haydée é tipicamente bonita.

Bastaria cruzar aquela rua para tê-la em seus braços, ela vestida de ousadia. Mas não. Não tem coragem de caminhar até aquele ponto, até a loja de violinos. Resta-lhe o privilégio de acompanhar seu andar visto por trás.

Haydée conhece lendas, crenças e superstições de marinheiros que, desde a Idade Média, viveram ou aportaram na cidade. Em tempos de guerras e de paz. De todas elas uma, em especial, é fascinante. A lenda do alucinado que gritava, repetitivamente, a súplica de ir-se embora, voltar. O doido que se debatia contra si no pequeno cais e se atirara ao mar da Normandia, adiante do Sena, onde o Sena o encontra. Dizia-se, então, que sumira em uma fenda do oceano.

Certa noite, Haydée trazendo-o pela mão, Alberto cruza a rue d'Orléans. Já não há sequer rumores. Madrugada. Caminham à beira do pequeno cais adormecido, no cerne da bruma na qual séculos depois os impressionistas se embrenhariam. Haydée o conduz pela mão. Alcançam a viela perpendicular, avançam até uma porta estreita, entram. A tocha alumia o colchão de palha. Alberto vê a sombra de Haydée, trêmula, estampada nas paredes. Repentina e concomitantemente em todas as paredes. Em cada canto, tons diversos. Encanta-se em admirá-la, ali em verde, depois em azul, adiante em rosa. Cerra os olhos e as sombras coloridas permanecem em movimento. Como em um jogo de vidrilhos que se olha contra o sol. Um perpassar desenfreado de imagens e um perfume doce de jasmim se reproduzem repetidamente, cada vez com mais intensidade. A luz se torna mais baixa, sons de um órgão primitivo se fazem bem marcados e Alberto percebe que seu corpo recende notas suaves de jasmim. Seus corpos se encontram na imagem em seus olhos refletida. O contato fresco da pele, o doce dos lábios em sua boca. Crescem sons, luminosidade e perfume e — na contemplação dessa expressão de prazer — Alberto toma consciência de que flutuam no espaço. De dentro do seu corpo acompanha as manifestações do rosto de Haydée e quanto maior é a percepção de que suas sensações nele se refletem, mais ele se enternece. As sensações dela são mais importantes do que as dele mesmo. Seu rosto é um sol esfogueado. Ternura, fascinação. Búzios tocam, espocam no teto, em bolhas como de sabão, as tonalidades que sabemos, por intuição, participarem da causa das auroras. Um estilete sem fim penetra-lhes os corpos, consumindo individualidades e, no longo instante que segue — sons e perfumes alcançando padrões de infinito —, explode o contínuo orgasmo em nós.

[Leitora ou leitor, compreenda que ao consumo das individualidades de Alberto e Haydée corresponde o de todas as demais; todas; de modo que a continuidade desse orgasmo abrange personagens e todos quantos, do lado de fora, se envolvem neste conto, inclusive você! Por isso o *em nós*.]

Instante é eternidade. Quando Alberto a seguiu, penetrando esse agosto, por volta de 1370, Haydée escondeu-o ao lado de uma amarra, entre cordas amontoadas no Vieux Bassin. Um estranho à cidade chamaria a atenção. Protegeu-o. Pediu que esperasse.

Viu-a em seguida passar, duas vezes, discretamente carregando aquele olhar de quem diz "me espere". Depois, por uma fresta entre as cordas de amarrar embarcações, impassível, viu-a exercitar o velho ofício com dois marinheiros abusados. Fazia-o pretendendo excitá-lo. O cais adormecido, assim que os dois se foram conduzira-o, pela mão, àquela viela.

Depois, fim de madrugada, quase começo da manhã, Alberto se demora. Haydée insiste em partirem. Praticamente o arrasta até aquele ponto, na rue d'Orléans. Aquele ponto onde, no futuro, esteve a loja em cuja vitrine havia violinos inacabados e por restaurar.

Alberto empaca. Inarredavelmente. Não há passo que dê. Haydée escapa para o lado de cá e a outra aparência de sua individualidade esquece, de forma definitiva, o lado de lá.

Dias, semanas, meses. Muitos anos passaram sem notícia de Alberto. Nada. Nem uma palavra. Jamais. Resta apenas a lenda do alucinado do Vieux Bassin.

Haydée costuma contar ao seu menino crenças e superstições de marinheiros. Quando vê passar um gato branco, experimenta a sensação de que, em algum sonho ou no passado, conhecera o alucinado da Idade Média. Aquele que se debatia contra si mesmo na margem do pequeno cais e se atirou no mar da Normandia, engolido por uma fenda do oceano.

Laura

LAURA DESTILANDO SENSUALIDADE. Há mais de quarenta anos. Sensualidade bandida, *in extremis*. Atração amorosa.
Theo buscava pretextos. Escrever um texto amorável para dar a ela. Uma canção de amor, à moda de Neruda, lembrando que o tempo não é muito, resta pouco.
Seria formidável tivessem se ensinado, mutuamente, sensações. Mas não. Não pode, não deve. Seria formidável ensinarem, um ao outro, pequenos segredos. Afirma que arrebenta o horizonte quando finge transformá-la em uma mulher despudorada. Haverá luzes e sons no lado de lá, ele diz. Laura sorri.

O olhar de Laura se perde em um horizonte imaginário, do qual somente ela tem consciência. Porém se vai quando percebe que têm deixado pelo caminho, cotidianamente, sensações que jamais experimentaram na intensidade prometida por Theo. Faltam-lhes orgasmos de que não fruíram.
O que vale mesmo é o sem-amarras, pensou. Ouvindo Serrat na canção que diz *"hoy respiramos/ mañana dejamos*

de respirar", era como se os olhos de Laura pretendessem dizer alguma coisa. Sentia vontade, não tinha coragem.

Anos depois, almoçaram em um restaurante francês. Saia e blusa de seda bonitas, produzidas especialmente para aquele almoço. Theo permanece a imaginá-la vestindo apenas uma blusa de seda, desabotoada de alto a baixo. Outras vezes, a malha vermelha.
    Diz que a ama, ela responde "também". Alguns dias depois entrega-lhe um livro e uma metáfora ousada. Pergunta se gostou. Gostou, mas ele é louco. Porém gostou. Quer mais, mais metáforas! A que recebeu, jogou fora. Mas gostou.

Primeira vez que foram somente os dois à casa de férias, a porta do banheiro não fechava. Havia uns pedreiros trabalhando, Laura pediu a Theo que vigiasse. A porta ficou entreaberta e ela, descendo a calcinha até abaixo dos joelhos, fez xixi. Daí o fetiche. Pensa, revê a cena, ideia fixa. Laura dizendo "não olha, não olha!", porém mostrando...

Theo agarra momentos que ela deixa escapar. Não admite ser desejada por Theo, embora o deseje.
    Um dia almoçaram no canto de uma praça. Carne e vinho inesquecíveis. Os melhores anos de suas vidas.
    Theo deseja agarrar certos momentos, ela os deixa escapar. Tem medo. Poderia gozar, mas a proximidade familiar os afasta.

Dizia-lhe coisas com a liberdade de amantes. Ser feliz é assim. Por que não dizer que se quer fazer aquilo na e com a mulher desejada? O sexo da mulher foi feito para se fazer com ele como se fosse uma ameixa adocicada que se parte ao meio, cujo sumo é sorvido na ponta dos dedos até a última gota. Luxúria, lubricidade — tudo aquilo de que uma mulher e um homem podem fruir, sem reservas. Tudo isso Theo propõe, reitera, repete. Laura não deixa.

Passeios pelo campo, de mãos dadas, clandestinos. Gostoso. Os melhores anos de suas vidas. Realizavam plenamente certa cumplicidade amorosa sensual. Mais sensual do que amorosa.

Theo promete não se exceder. Gostaria de beijá-la. Laura tem medo. Theo insiste em que o tempo passou, ela não percebe, tem a pele das mãos e dos braços invadida por pequenas manchas senis, as pernas brancas, muito brancas, por falta de sol.

Laura sente medo de soltar-se, sem amarras. O olhar embaçado, uma dor atravessada no peito, angústia subindo até a garganta, um grito por sair. Incapacidade de ceder ao assédio de Theo.

A falta de iniciativa da omissão embaça seu olhar, cava uma dor imensa em seu peito.

Theo imagina. Vê no seu rosto uma expressão de gozo. Como se os olhos de Laura fossem tangidos por um gesto incontido nos músculos das pálpebras, meneio simétrico às contrações e esgares que deslizam pela extensão do cordão de Vênus. A boca semiaberta, rubra, pronta para os lábios de Theo. Narinas arfantes. Os seios túrgidos, os olhos, a boca, as narinas gozando... Narinas em busca de ar, denunciando orgasmo.

Caminham, quando é possível e ninguém os possa ver, os dedos de Theo abraçando sua nuca. Uma ternura enorme nesses dedos enternecendo seu pescoço. Laura sente o abraço de dedos, suspira. Felicidade, de repente, é sentir os dedos de Theo deslizando, agarrando seu pescoço.

Chove. Theo imagina estar ao seu lado, caminham sob a chuva. Adiante se abrigam no terraço de um café. Laura estival, embora haja ainda gosto de chuva em seus lábios.

Sonha estarem brincando de esconde-esconde por aí. Verão, não há ninguém por perto. Laura nua, novamente estival.

Sua ausência é como se não fosse.

Brinca com as palavras. Brinca com a sensação de estar a mil e novecentos pés no espaço estreito da cabine de um aeroplano, sobrevoando a restinga. A restinga branca amarelada, falo investindo pelas bordas da baía lá na frente. Voo, verbo e substantivo. Voo voando e quero mais. O topo da ausência de Laura está mil, muitos mil pés mais acima. Abraça-a. Laura é sua eretriz — eretriz, não meretriz. A imensa liberdade de amar na sua idade, bem diferente do amor cheio de pudor dos vinte anos.

Brinca com as palavras, como se estivesse a torná-la pupila de libertinagem cuja ausência fica a explorar, em lugar de tomar notas e morrer de saudades.

* * *

Theo volta e meia se sente vil, reles, pernicioso. Sentimentos contraditórios o atormentam.

Em seu imaginário ela chega à porta da sala, os cabelos molhados, corre os dedos pela cintura, ergue a saia... Gesto análogo ao daquele dia, na casa da montanha, pra fazer xixi. Alcança o sofá, Theo na expectativa do contorno dos mamilos durinhos, dentro do sutiã. Laura se recusa a tirá-lo, o sutiã, porque o tempo comprometeu a textura muscular dos seios. Beijá-la na boca, despudoradamente, escorrendo os dedos pelas nádegas, chamando-a de putinha de louça, minha putinha de organdi! Laurinha em pé, saia erguida até a cintura...

Laura é seu porto de chegada. Protege-a, lubricamente, ainda que não se toquem. Há de melhorar com o tempo, a cada dia, como as uvas. Macerada, fermentará. Ficará mais felina, saborosa. Explodirá em perfumes de lavanda. Dividirão os primeiros prazeres das manhãs, caminharão de mãos dadas — ela de cabelos molhados — e farão delícias entre si, sem rebuços. Escalarão todo ele, depois deslizarão desde a ponta do arco-íris.

Uma mulher madura, sim, em plena vida. Desejável, desfrutável, proprietária de rotas e desvios a serem conquistados. Delícias que aguardam espaços do seu corpo para serem produzidas.

* * *

Não foi inocente ao fasciná-lo. Uma espécie de cumplicidade amorosa sempre os envolveu. Aquele instante ficará para todo o sempre, determina a vinculação erótica dos dois. Primeira vez que foram somente os dois à casa de férias, a porta do banheiro não fechava, Laura a destilar sensualidade. Há mais de trinta e tantos, quarenta anos.

Pertence ao imaginário lúbrico de Theo. É responsável pelo curso da sua lubricidade. Cria expectativas, desconcerta-o. Invade seus momentos de intimidade — ainda que esteja com outra mulher — em devaneios.

Desejou — evidente que desejou quando aquela porta não fechava, não foi o acaso! —, desejou dominar sua libido. E houve incontáveis momentos de reafirmação da conquista definida nessa experiência. Uma longa história de amor. O tempo escorrendo como um fio d'água na beira da calçada.

O tempo passou, sim, mas ela ainda agora é desejável. Não para um amorzinho sereno, papai-e-mamãe. Ainda agora é desejável para um torvelinho de lubricidade. Embora tenham o mesmo pai, o que Theo mais deseja é iniciá-la em tudo que um cafajeste faz com as putas. Porém o tempo se vai, aquele fio de água na beira da calçada irremediavelmente esgarçando sua blusa de seda avermelhada.

Angelina

Escrevo-lhe fazendo de conta que Angelina lê. Coisas assim, por exemplo.

>Quero reter meus dedos entre os teus. Depois soltá-los, para colher flores. Uma delas, maior, encarnada, para que a ponhas nos cabelos. Há galhos secos pelo caminho. Mantemos silêncio, para escutarmos plenamente nossos passos. Retomo a tua mão, ouvimos um canto de pássaro ao longe, em seguida bem perto. Repousamos sob uma árvore, estás encostada no seu tronco, beijo-te. Minhas mãos passeiam pelas tuas costas, detém-se nos teus ombros. Suspiras. Encosto meu corpo no teu. Mantenho silêncio para ouvir até o fundo a tua respiração.
>
>Sinto falta de ti. Vejo-te caminhando suavemente, vestida de grega, braços nus, pernas ágeis, deslizando sobre o Tempo. O Tempo é uma coluna com visão para dentro de si mesma, sabias?
>
>Por que te escrevo? Por que tomaste conta, entraste sob a camada mais abaixo da minha epiderme

sem pedir licença? Quero-te muito, desmesurado em desatinos, mas suave como uma manhã tecida no casulo de um poema. És sacerdotisa em um templo no qual morro, morro de amar.

Excedo-me? Passo dos limites?

Quem fixa os limites? O homem que leva flores, busca canções, cata poemas e procura seixos entre os dedos para a mulher amada? Quem fixa os limites?

Leio para escrever, descubro caminhos, aprendo com o cotidiano do meu entorno. Minha libido é transferida, algumas vezes, para uma ou outra frase. Faço de tudo com elas. Mudo as palavras de posição, acaricio-as, como se, uma após a outra, bolinasse os acidentes do texto/corpo dessa mulher. Sinto o sabor de cada palavra, aliso as pernas da frase, perverto-a. Excito-a alterando os tempos verbais, titilo os gerúndios, corto advérbios e adjetivos, depilando-a. Ela reage, a frase, e outra sente ciúme da primeira. Então brinco com todas.

Mergulho nelas. Elas se deitam sobre o meu corpo, fruem-me. De vez em quando projeto escrever outros textos, como faço agora, anoto, mas é inútil. Retorno ao texto, de onde algumas frases me chamam, safadinhas. Sou prisioneiro desse texto. Seus olhos — duas frases lindas — me comovem. Uma delas, a amêndoa doce, desafia-me a ser sucinto, objetivo. Deseja que exclua as metáforas que a ocultam, reescreva-a cruamente, chame-a pelo seu nome mais vulgar.

Então meu texto me envolve em seus braços, mas duas frases, duas mãos libidinosas me despertam.

Vivo a contradição de ter ciúme de ti e imaginar-te Belle du Jour. Entro no quarto, me aguardas de penhoar. Há um tom lilás nos lençóis, abajures, cortinas. Algumas vulgaridades esparramadas sobre uma mesinha, um jarro de água e uma bacia de louça lilás. Um espelho grande, em frente à cama. Flores. Um pequeno lustre de opala, também lilás, pendendo de um fio, no centro do quarto. Um mancebo de madeira clara, onde penduro meu paletó, a camisa, as calças. Alcandorado, beijamo-nos. Pergunto desde quando vens ao bordel, dizes que não importa, gostas. Desvias a conversa para o desenho na jarra de louça e na bacia, observas que há um ar de art nouveau *no quarto.*

É como se dois pombinhos brancos voassem entre galhadas de pessegueiros. Construo enredos insólitos. És Laure Sinclair. Amo-te ternamente e/ou selvagem, antropófago. Queria que visses como te imagino, de boina... Procura, procura no Google. Adoro te chocar! Desejo te convencer de que sou um cafajeste. Apenas um amoral é capaz de amorar uma mulher como te amoro.

Levo-te ao cinema, fico de mãos dadas contigo, o filme é sobre nós, somos descritos de muitas maneiras sem, contudo, perdermos nossa origem.

Amanheço pensando em ti. Manhã de sol. Tens quinze anos, em seguida amadureces. Queria escrever um poema dizendo da rosa que desfolho e vou despindo, pétala por pétala. Despetalo-te, sinto o frescor dos teus quinze anos.

Há uma expressão lúdica no teu rosto desconstruído, porém imediatamente remontado, agora folhagem, em pétalas que és reconstruída. Teu vestido de sol não tem mangas ou, se as tem, é cavado e estás sensual, transpirando. Caminhamos, mas nos sentamos em cada banco para um beijo. Tento enfiar a mão sob o teu vestido e proíbes. Queria ter agora uma rosa cor-de-rosa, pétalas fechadas, fechadinhas, como a que me aparece antes de ser fustigada, em um sonho.

Chegas de repente. Pareces, de repente, uma aurora. Trazes contigo perfume de manhãs carregadas de maresia e o rumor de ondas lambendo a areia. Queria compor um poema que te arrepiasse, escandalizasse e comovesse a ponto de gritar, eis o que desejo. E, se alguém te acudisse, queria que dissesses, soluçando, que não é nada, estás me amando. E confessasses que te tornas frágil, extremamente quando trinco teu corpo como quem come um pêssego e o suco escorre pelos cantos dos lábios.

Tu poderias, poderias me ensinar a fronteira entre o sublime e o real?

Finjo que ela ainda existe e me confessa que esteve em um barco no Sena onde desfrutou, desfrutou... Em seguida, marca um encontro comigo, iremos nos amar no Hotel

Crystal, ouvindo canções de Barbara em meu iPod. Fantasio a boca de Angelina borrada de batom, pedindo-lhe que faça outra vez o "palhacinho", ela dizendo que não.

Pois não é que um dia lá estava ela, de verdade, no Museu d'Orsay! Estendi a mão para arrancá-la da tela e — incrível! — desta vez ela existia, em carne e osso. Dei-lhe a mão e penetramos na realidade.

Caminhávamos agora pelo bulevar Saint-Germain, Angelina de mãos dadas comigo. Sentamo-nos no café. Havia algo diferente nas pessoas e ela apertou minha mão. Como se soubesse que algo estaria por vir.

Lembrei-me de um filme de Woody Allen, *Meia-noite em Paris*. Um carro passa por uma esquina, o homem sobe e entra no passado. Pois assim aconteceu, na calçada do bulevar, na esquina da rua do Hotel Crystal. Mas não vinha carro nenhum, embora houvéssemos retornado ao passado. Uma mulher tocava uma guitarra.

Paguei a conta, aproximamo-nos, ela sorriu. Terminara a canção, perguntei-lhe se tomaria um conhaque. Sorriu novamente, aceitou e propus caminharmos até a rue de Bucci. Na Saint-André-des-Arts, outro café. Conversávamos como velhos amigos. Seu rosto não me era estranho. Eu tinha certeza de que, anteriormente, aquele rosto me fora familiar. Um passante abanou a mão, ela o saudou — George! — e o sujeito respondeu chamando-a "La Glu".

— De uns anos para cá, passei a tocar guitarra — ela disse.

Alguns minutos de conversa, mais conhaque e me dei conta de que Victorine estava ali, ao meu lado. O tempo passara, já não parecia quem fora. Para confirmar minha certeza, no entanto, perguntei-lhe:

— Você é amiga de Manet, não é?

— Sim — disse-me La Glu. — Eu era pintora, como ele. Há muitos anos fugi para Colombes com uma amiga, Marie Dufour. Volto a Paris de quando em quando.

Olhando bem nos olhos de Angelina, observou que se parecia com uma mulher que Manet pintou, parecia-lhe ser essa mulher. Angelina se fez de desentendida.

A partir daí começou a rememorar alguns dos seus quadros. Mais que a pintora, no entanto, quem estava ao meu lado era ela, também modelo de Manet, cujo olhar me acompanha desde sempre. Recostada no sofá, sentada na relva, naquele bosque, nua, apoiando o queixo na mão direita, naquele almoço...

Victorine Meurent, ao nosso lado! A mulher com o papagaio, a cantora de rua em costume de toureiro. Multiplamente ali, naquele café da Saint-André-des-Arts. Eu me espargia, escorria pelo tempo, já não estava em mil novecentos e tantos. Manet partira em 1883, mas eu a tinha agora ali, mais de trinta anos depois.

— A última vez que posei para ele foi em 1873, na Gare Saint-Lazare — ela disse. — Há muitos anos... Sabes que dia é hoje? Foi há muitos, muitos anos.

Disse-lhe então que bem próximo dali haveria de estar, em seu atelier, um meu amigo espanhol.

— Pablo vai pintar você — eu lhe garanti.

Ela recusou e afirmou que poderíamos recuar no tempo, mas seria impossível rejuvenescermos. Posaria nua, sim, outras vezes. Mas seria impossível rejuvenescer. Não conseguiria ser Victorine, seria apenas a velha Glu.

— As pessoas se transformam — continuou. — Não são, definitivamente, o que foram. Meu sorriso não é mais o que Manet pintou. Nem meus ombros.

Disse isso e se foi. De repente já não estava ao nosso lado. Retornamos ao bulevar e Angelina começou a falar de franceses que estiveram no Brasil. Perguntei-lhe a propósito do que entrava nesse assunto e ela respondeu que costumava escapar da moldura durante a noite para ir à Biblioteca Nacional da França. Lera muito, queria saber coisas da minha terra. Danou-se a contar histórias que eu desconhecia, começando — que loucura! — exatamente por Manet, que esteve no Rio quando era jovem. Dizia-me das cartas que ele escreveu a sua mãe entre 1848 e 1849.

— Que loucura — disse-lhe eu. — Justamente Manet?
— Pois é! Uma coisa está dentro da outra. Mas preste bem atenção, pois a outra está dentro da primeira!

Eu a ouvia encantado e ela prosseguiu:

— Teu país é complicado! Os primeiros livros franceses escritos a respeito do Brasil celebram a discórdia. Leia André Thevet, um frade franciscano que esteve lá em 1555, com Villegagnon, e escreveu os primeiros textos a respeito do teu país, *As singularidades da França Antártica* e *A cosmografia universal*. E leia também Jean de Léry, calvinista, que na mesma época escreveu a *História de uma viagem feita à Terra do Brasil, também chamada América*. Os dois, literal e literariamente, quebram o pau, qual se diz por lá. Vale a pena ler, vá à Biblioteca Nacional, vá.

Angelina em seguida perguntou se eu sabia que Jérôme Bonaparte, irmão de Napoleão, esteve em meu país em abril de 1806. E Anatole France em 1909 esteve em duas cidades brasileiras, Rio de Janeiro e São Paulo.

Embasbaquei! Essa mulher me alucina. Nada mais me interessava, no entanto, senão ela mesma. Ela mesma em azul, cor-de-rosa, amarelo, novamente azul, multiplamente colorida. Essa mulher, de repente em outra cor, vestido longo colado ao corpo, uma flor vermelha nos cabelos. Não tinha coragem de dizer que a amo. Restava-me a opção de praticar literatura, misturar ficção e realidade, de modo que ela pudesse desconfiar de que é real.

Caminhávamos pelo bulevar, Angelina existindo de verdade. Múltipla, em outra versão de si mesma, a mulher vestindo uma blusa sem mangas, nada mais. Rosto pequeno, demorado, como os ombros, as coxas e tudo o mais. Outro dia eu a encontrara em um ramo de flores, descobri-a em um ramo de flores.

Encantei-me por suas pernas. Frágeis, pensei. Interessantes. Gostei delas, desde o primeiro momento. Agora — o tempo do improvável ultrapassado — a expectativa de tocá-las...

Estava ao meu lado, no bulevar, e de repente eu a via passar rapidamente, em azul, cor-de-rosa, amarelo, novamente azul. Vivi outra vez, então, uma noite que realmente não acontecera, quando a ouvi balbuciar meu nome no diminutivo, pausadamente, várias vezes, a voz saindo do fundo de si.

Casar-me-ia com ela se me prometesse ter amantes. É assim que a amo. Imaginando-a no Chez Alban, escapando com ela para Marienbad, ano que vem. O que mais quero é desfrutar demoradamente dessa mulher, a cabeça caída para trás, respiração ofegante, as mãos em meus cabelos... A mulher ao meu lado agora, rapidamente em azul, cor-de-rosa, amarelo, novamente azul, pedindo que eu a beije na boca.

Embora esteja agora ao meu lado, vejo-a, repetitivamente, na imagem de uma campesina, pela janela de um trem. Vejo-a na mulher recostada em um divã encarnado. Vejo-a na tela de uma televisão apagada, à beira do Sena, perto de mim, nas paragens onde Abelardo tocava Heloísa. Vejo-a com um chapéu de palha, cheio de flores, em uma manhã de sol. Vejo-a sob a sombra de uma faia, em uma gravura do século XIX, no horizonte de um quadro impressionista. Vejo-a no castelo de Roissy. Vejo-a sem que esteja, ainda que não tenha vindo, personagem de um *roman à clé*. Matinal, suave, primaveril. Angelina recostada sob a faia, sem o leque preto, vestindo apenas os cabelos. Azul, cor-de-rosa, amarelo, novamente azul, impublicável.

— *Me beija na boca!* — ela me pede e endoideço, fico louco!

Conto-lhe que um dia, nos arredores de Paris, imaginei estivéssemos a subir uma rua, nossos olhos buscando os horizontes desfrutados por Van Gogh. Os girassóis... Que cogito desenvolver prospecções em seu corpo. Descobrir, dentro dele, uma viela unindo templos faraônicos. Encontrar esfinges inesperadas. Pesquisá-las, arqueólogo do seu corpo. Reinventar o passado e o futuro. Circular por dentro dela, multiplicando-me para poder escavá-la. Praticar afagos em suas reentrâncias.

Ela ri quando abuso das suas orelhas e se enternece, grita um pouquinho, baixinho, quando passo dos limites.

Digo-lhe que um dia supus tacar-lhe um beijo na boca inesperado, *pá-pum!* Ela se limita a sorrir, safadinha, dizendo-me, em voz baixa, que isso mais de uma vez acontecera.

Caminhamos agora de mãos dadas, noite alta, pela beira do Sena. De repente ela diz que quer ir lá, do outro lado, rogando, no entanto, implorando que não a deixe ir. A pirâmide do Louvre a fascina, mas ela sabe que, se estiver por lá, acontecerá. Quer, mas não quer. Quer sim, quer brincar de pega-pega com os adolescentes que lá a esperam, antecipadamente excitados. Não quer, mas quer.
    Eu não presto, não valho nada! Conduzo-a, quase a empurrando. Alcançamos a praça e ela me beija na boca, em seguida me afasta e atravessa a ponte. Vai ao encontro dos meninos.

Ao amanhecer aproximei-me. Tentei tocar suas mãos, seus ombros, mas não estava ali essa mulher, jamais esteve, nem sei se um dia virá. Não obstante estava, estava sim, outra vez, na borda da praça.
    — Leva-me de volta — pediu-me. — Leva-me até a moldura que me protege dos teus sonhos. Acorda, vai.
    De longe, na tela, Angelina sorriu para mim.

Um par de amigos sem par

A curiosidade de Joaquim faz de nós um par de amigos sem par. Um menino de dezessete anos, eu beirando os setenta. Quem passe ao nosso lado há de supor sermos neto e avô, mas convivemos como se tivéssemos a mesma idade.

Eu voltara a São Paulo depois de mais de quarenta anos de ausência. Os avós de Joaquim eram meus amigos desde a adolescência.

José Eduardo, avô de Joaquim, namorava Maria Júlia, por quem eu estivera apaixonado, ocultando essa paixão a mim mesmo. Tínhamos então, na primeira metade dos anos 1960, vinte e um anos, ela dezenove. Zé Eduardo estudava medicina, eu cursava a Faculdade de Direito. No terceiro ano mudei-me para o Rio de Janeiro e, assim que me formei, fui-me para a França. Fiz um doutoramento e, retornando ao Rio, comecei a trabalhar em um escritório que, com o correr do tempo, passou a ser meu. De quando em quando vinha a São Paulo e nos encontrávamos.

Mais de quarenta anos depois, voltei. Eduardo e Amanda haviam nascido. Eduardo casara-se e Joaquim nasceu na segunda metade dos anos 1990. Tem dezessete anos, é meu melhor amigo.

Reaproximamo-nos, Maria Júlia, José Eduardo e eu. Nossa amizade foi retomada plenamente. Como antes, como irmãos. Jamais tocamos no assunto, Maria Júlia e eu. Mas os olhos de Eduardo são como os meus. Não verde-amarelados, quais os da mãe. Nem como os de José Eduardo, castanhos.

A curiosidade de Joaquim, fazendo indagações a propósito das leituras que lhe sugiro, propondo-me dúvidas e certezas instigantes, faz de nós um par de amigos especial. Inicialmente dei-lhe de presente *Winnetou*, de Karl May, que me encantara aos catorze anos. Depois *Gog*, de Papini, e os diálogos de Platão, temendo que nada entendesse.

— Então me dê tempo para compreender — ele pediu. — Desconfio de que há um tempo para cada coisa!

Sacadas como essa me encantam e nos aproximam.

— O mundo é outro, Joaquim — disse-lhe um dia. — Um mundo novo, se pensarmos no meu tempo de menino. Aos dezesseis, era como se vivesse em outra esfera! A televisão chegou, mas meu pai levou alguns anos para trazer uma para casa. Eu lia. Não havia o que me dispersasse de leituras fascinantes. E assim fui descobrindo a literatura, escolhendo o que leria. A mão de meu pai estava, contudo, em cada livro.

— Conte outra vez como eram você, vovô e vovó quando se conheceram. Conte-me daquele tempo.

— Já te contei várias vezes — respondi.

— Não faz mal, quero entender direitinho vocês quando eram jovens.

Fico em silêncio e, de repente, Joaquim retoma a conversa.

— Vovô me contou que você escrevia umas coisas meio doidas. Deu-me uns papéis datilografados. Em um deles você afirmava que em Barcelona esteve louco por uns dias. Eu li — disse-me —, você deveria publicar.

Lembrei-me então de há muitos anos ter escrito que andamos reiteradamente — uma mulher e eu — ao redor da quadra do nosso hotel, em Barcelona, propositadamente perdidos entre Roger de Llúria e Pau Claris.

Cruzamos a linha de outra dimensão, onde houve um vinho bom — e outro, que não cobraram. Lá, onde às minhas se misturaram suas roupas, penduradas nos cabides do armário embutido do meu quarto, no hotel. Em Barcelona, eu estivera louco por uns dias. A Sagrada Família era uma igreja em construção.

Aquela mulher de tênis e bermudas e, vez ou outra, suas duas metades à minha frente. No Els 4 Gats um *pata negra* que ficou na história.

Em Barcelona estivera louco por uns dias. Nas *calles*, um calor inarredável. Nós quatro — ela, Joan Miró, Gaudí e eu — caminhando por aquelas ruas. Ainda que os dois não estivessem ali. O pretinho básico que aquela mulher usava naquela tarde aparecia, repetidamente, em outros contos e crônicas que eu jamais terminaria de escrever.

Joaquim divertia-se ouvindo minhas histórias.

— Veja como a matéria não é sólida, escapa pelos nossos dedos. Mas nossos dedos também não são sólidos, nossos dedos são ilusão, pura ilusão.

Isso eu terei dito a ele. Ou terá sido o inverso, ele terá dito a mim?

— Sei que você escreve poesia, vovô me contou. Vai, me mostra um poema seu, mostra.

Repeti então, de memória, um poema que escrevi há muitos anos e jamais ousei publicar:

> *Inscrevo-te na parede da caverna*
> *Em situações de recepção*
> *De mim — rupestremente.*
> *Descrevo-te em cantares de amigo,*
> *Medievos — em caligrafia desenhada.*
> *Esboço um teu perfil*
> *Longínquo,*
> *No tombadilho de um barco que vem, tu vens.*
> *Passarinhos voam pela neve*
> *E me agasalho nos teus braços.*
> *— O tempo aquietou nossos impulsos.*

Depois falei de minhas viagens pelo mundo, inúmeras fugas a Firenze. Em frente à Basílica de Santa Croce, onde fantasiava encontrar Dante Alighieri e conversarmos a respeito de Tomás.

— Dante leu São Tomás! *A Divina Comédia* é uma versão poética de Tomás de Aquino! — provoco-o.

Algum tempo depois lá vem Joaquim dizendo-me que Dante terá mesmo lido São Tomás, que morreu quando ele tinha dez anos.

Fico perplexo, sem saber se Joaquim recolheu essas informações no Google ou leu mesmo Dante e Tomás em PDFs. Um menino terrível, no melhor sentido da palavra! De repente olha nos meus olhos e, repetindo Rilke, afirma que "todo anjo é terrível".

Nossas conversas de vez em quando derivam para a literatura. Joaquim insiste em falar de poesia e confesso que há anos tentei compor um poema sobre os olhos de uma mulher que amei, mas jamais fui além dos dois primeiros versos: "teus olhos são ametistas disfarçadas,/ bolas de gude do meu tempo de guri".

De quando em quando sou uma vaca sentimental, confesso. Contei a Joaquim que uma noite me emocionei às pampas ouvindo *Les Miserables*, em uma canção sobre *la volonté du peuple*, e sussurrei para mim mesmo: "Ó Deus! Como Você é legal!".

Joaquim sorri e pede que eu torne a falar da minha juventude:

— Você adora nossas conversas — diz ele. — Vejo na sua voz e nos seus olhos que você adora me contar histórias.

A respeito de uma delas, no entanto, guardarei silêncio, para sempre.

Nos finais de semana descíamos a serra, instalávamo-nos no apartamento dos pais de Maria Júlia, de frente para o mar. Certo domingo o acaso permitiu estivéssemos sozinhos durante poucos minutos, em um final de manhã. Zé Eduardo e os pais de Maria Júlia acabavam de descer. Almoçaríamos em um restaurante bem ao lado.

— Estamos indo — ele avisou —, venha logo.

Eu terminara um banho apressado, tirando do corpo a água do mar. Ao sair do banheiro percebi que Maria Júlia deixara aberta a porta de seu quarto e pude vê-la nuazinha. Tinha os cabelos lisos, pretos, negros até abaixo dos ombros, os olhos verde-amarelados. Sabia estarmos somente nós dois no apartamento. Escolhia, vagarosamente, a calcinha que usaria. Nua, deixando escorrer um dos dedos pelo sexo. Esguia, seios pequenos.

Então aconteceu. Atravessei o corredor e nos abraçamos. Derramamo-nos sobre a cama, apressados. Amamo-nos intensamente, de repente, sem preliminares. Incisivamente, como só os jovens são capazes de amar. Desci correndo, em seguida, evitando chegarmos juntos ao restaurante.

Uma vez apenas, porém engravidara.

Maria Júlia e José Eduardo casaram-se dois meses depois e Joaquim é meu neto. Sou avô do meu melhor amigo.

O ombro de A.

TRÊS PALMOS NOS AFASTAVAM, mas era como se o infinito se interpusesse entre nós. Não somente três palmos pela frente, na mesa que ela ocupava, mas uns quatro lateralmente. Eu na mesa ao lado. Absolutamente por acaso. Estivemos juntos, por um instante, como se fosse para sempre.

Usava uma blusa decote canoa, dois ou três dedos abaixo do pescoço, de modo que apenas os seus ombros, um de cada vez, jamais os dois, eu podia ver. No espaço de mínimos segundos, por culpa de um breve gesto seu, a blusa escorregou e vi-lhe o ombro direito e a alça do sutiã. Naquele ponto do ombro próprio ao repouso das alças dos sutiãs. Nossos olhos se encontraram, ela se aprumou, percebi que enrubescia. Não mais do que alguns segundos de nudez e o infinito entre nós. Naquele instante, assim, vi seu ombro nu, que ela não cuidou de esconder senão por conta da alça do sutiã.

Naquele instante fomos delicadamente amorosos. Em nosso silêncio declaramo-nos apaixonados um pelo outro. Sonhamos ficar juntos. Estivemos em comunicação com a ternura.

Não voltei a vê-la desde então, nunca mais, mas não a esqueci. Não era linda. O rosto era sereno, sem qualquer sinal ou trejeito incompatível com a imagem da mulher amada. Ela justamente, por acaso, a mulher — se viável e plausível — que eu elegera para amar.

    Cinco. Dez anos talvez tenham passado desde aquele momento que me pergunto, de quando em quando, se não durou toda a minha vida. Sei-lhe o nome, A., porque alguém ao seu lado, naquela mesa, assim a chamou. Nada mais. Em seguida, participei, como espectador, de outro breve movimento seu. A. ergueu os braços por alguns segundos e vi-lhe as axilas totalmente depiladas. Axilas femininas me enlouquecem. Suponho o púbis a elas correspondentes também assim, sem pelinhos. As e o de A. me excitam, desde aquele momento, reiteradamente. O tempo todo. Desfruto delas e dele em meu imaginário licencioso, porém é o ombro que mais desejo.

Muitas vezes fantasiei vê-la na televisão. Em inúmeros programas. Em um deles a atriz é ela alguns anos mais jovem. Aquele sestro no andar, os braços especialmente assim, apenas um tantinho mais gordos em relação ao ombro. As duas análogas, muito. Uma passa facilmente pela outra em meu imaginário. Penso nas duas, se bem que A. prevalece. Se não há um programa em que aquela atriz esteja, fico somente, basta-me, com a imagem de A. Que nem a outra, estreitinha, bonitinha.

    A. é assim, bonitinha. Se fosse linda, seria impossível. Por ser assim, bonitinha, quase a posso tocar. Amo essa mulher de decote canoa dois ou três dedos abaixo do pescoço, de modo que apenas os seus ombros nus, um de cada vez, eu pude ver. O ombro direito e a alça do sutiã, naquele ponto do ombro próprio ao repouso das alças dos sutiãs.

Poderia ter sido tudo diferente. Um enorme abraço, ela deixando que eu a trouxesse ao meu peito — em verdade A. se atirando aos meus braços —, nossos corpos juntinhos. Não nos beijaríamos ainda, teria sido um forte abraço delicado, meu rosto quase colado ao dela, repousado sobre seu ombro. Eu teria perguntado sobre o que ela pretenderia fazer durante o resto de sua vida (como em uma canção americana) e estaríamos juntos desde então, amando a vida.

Diariamente chegam ao meu gabinete mais e mais recursos e autos processuais. Uns correspondentes aos outros. Como ao púbis de A. corresponde um ombro delicioso. Devo, contudo, afastar esse tipo de divagação, em geral imediatamente anterior às fantasias em que me perco (ou me encontro?), beijando-o.

Há muitos processos em meu gabinete. Matéria penal. Pertenço a uma câmara criminal. Chegam-me recursos aos montes, delitos para todos os deleites.

A moça da distribuição entrou no horário de sempre, trazendo-os, os processos que hoje vieram a mim, alinhando-os sobre a mesa auxiliar. Um assessor os classificou por matérias e alertou-me, com um comentário tipo "este caso é interessante". Pedi que separasse, traria os autos para casa. Trabalharia nele à noite, como faço com tantos outros. Dou minha palavra: nessa tarde não me restou um só minuto para o ombro de A.

Jantei só, como de hábito. O desembargador celibatário pouco sai de casa. Trabalha a noite toda, salvo algum programa na televisão ou algum filme.

Aqueles autos de repente estavam ali. Os do caso interessante que o assessor mencionou. Recurso em Habeas Corpus número tal, impetrado por G.T.A., paciente A.!

Na hora próxima da meia-noite, os autos em minhas mãos. Seria ela, pensei, a mulher cujo ombro me fascina, seria ela — a mulher que amo —, seria ela a paciente? Finalmente, após tantos anos de (im)paciência, uma pista daquela mulher. Mais do que uma pista, caminhos abertos para o nosso encontro. Finalmente.

O fato de o nome ser A. nada significava. Folheei os autos como quem trisca as cartas que pediu em um jogo de pôquer. Ergui devagarinho o verso da folha anterior à cópia da carteira de identidade da paciente, que ali haveria de estar.

Na hora ainda próxima da meia-noite peguei uma folha de papel e anotei "declarar suspeição, motivo de foro íntimo, enviar redistribuição". Pequenas lágrimas, vez por outra, desde então escapam dos meus olhos.